Diogenes Taschenbuch 22462

de te be

Muriel Spark

In den Augen der Öffentlichkeit

Roman

Aus dem Englischen von Christian Ferber

Diogenes

Titel der 1968 bei
Macmillan&Co., Ltd., London,
erschienenen Originalausgabe:
›The Public Image‹

Umschlagzeichnung von Tomi Ungerer

Veröffentlicht als Diogenes Taschenbuch, 1992

100/92/43/1
ISBN 3 257 22462 1

1

Es war Freitag vormittag. Goldbraun glänzte die Sonne in der Parkettfläche, die von einem Zimmer ins andere überging.

Die Möbel sollten im Lauf der nächsten Woche geliefert werden, am Montag, am Donnerstag und am Freitag.

Das englische Kindermädchen sollte Montag früh ankommen. Auch das Hausmädchen sollte Montag morgen um acht da sein. Der Bruder würde es samt seinen Sachen im Auto von Sardinien herüberbringen; sie setzten mit der Fähre über.

Anzunehmen, daß alle diese Planungen in der richtigen Reihenfolge abliefen, das wäre in Rom geradezu vermessen gewesen; man mußte damit rechnen, daß von einem bestimmten Zeitpunkt an einige dieser Vereinbarungen («Montag ganz bestimmt . . .» – «Donnerstag früh – verlassen Sie sich auf mich») gegen den Uhrzeigersinn ablaufen würden.

Doch für den Augenblick war alles Nötige geschehen. Annabel Christopher, die bernsteinäugige Schauspielerin, im Privatleben Mrs. Frederick Christopher, war überrascht, mit welcher Gelassenheit sie bisher alles bewältigt hatte. Dafür, daß sie es nicht gewohnt war, irgend etwas zu organisieren, und gewöhnlich die Dinge dem Zufall überließ, war es doch erstaunlich, was sie bisher alles ohne jede Hilfe geschafft hatte, so daß sie jetzt die Wohnung hatte übernehmen, sie saubermachen und renovieren lassen können und daß sie ein Minimum an Mobiliar ausgewählt hatte, um mit Mann und Baby einzuziehen und in einem der Räume zu kampieren, bis der ganze Haushalt beisammen war.

Das Baby schlief, weich in Kissen gebettet. Sie hatte es im großen Wohnzimmer auf den Boden gelegt. Das Haus war sehr still. Das Zimmer, in dem sie stand und wo sie nun (seit der Zimmermann mit Hämmern aufgehört hatte) den Sonnenschein auf dem Fußboden bemerkte, lag abseits vom römischen Verkehrslärm auf der Rückseite des Hauses.

Die Zimmertür ging langsam auf, als würde sie von einem leichten Luftzug bewegt. Annabel durchquerte das Zimmer, um sie ins Schloß zu drücken. Aber da stapfte Billy O'Brien herein, groß und mit rotem Gesicht, der älteste Freund ihres Mannes. Wie war er in die Wohnung gekommen? Dieser Mensch irrtierte sie mit seinem plötzlichen Auftauchen. Gleichwohl war sie erleichtert, ihn zu sehen: Vielleicht brachte er etwas Neues.

Sie sagte: «Habe ich die Wohnungstür offen gelassen?»

«Ja», sagte er und machte sich nicht die Mühe, zu erklären, warum er nicht trotzdem geläutet hatte. Aber das hatte sie schon öfter beobachtet: wenn jemand in ein neues Haus einzog und die Möbel noch nicht gebracht und aufgestellt waren, meinte jeder, er könnte ohne Erlaubnis kommen und gehen wie die Handwerker und die Möbelpacker. Jedesmal wenn Annabel Christopher hierhergekommen war und sich vom Fortschritt der Arbeiten hatte überzeugen wollen, war sie Nachbarn begegnet, die die Wohnung besichtigten, freundlich lächelten und sich entzückt über die schönen Tapeten äußerten.

Aber sie hatte geglaubt, sie habe die Wohnungstür zugemacht. Billy lehnte mit dem Rücken an der Wand, mit der übertriebenen Ehrerbietigkeit, die er ihr gegenüber an den Tag legte, seit sie «der englische Lady-Tiger» des Films geworden und, wie er es immer ausdrückte, so richtig auf die Füße gefallen war. Billy war wie ein abgenutzter Gegenstand, den man vor Jahren auf Raten gekauft hatte und für den man immer noch zahlte, ohne daß ein Ende abzusehen war. Und noch immer betrachtete Billy ihren frisch knospenden Filmerfolg wie einen Gewinn im Fußballtoto.

Er sah sich um. Er sagte: «Dient das alles hier dem Aufbau deines Images?»

Sie fragte: «Hast du Frederick gesehen?»

Im täglichen Leben, jenseits der Leinwand, sah Annabel Christopher aus wie eine nichtssagende kleine Person – so wie sie bis vor kurzem auch noch auf der Leinwand ausgesehen hatte. Auf Menschen, die sie nicht zuerst in ihren neuen Filmen oder auf Werbefotos gesehen hatten, wirkte sie immer noch nichtssagend, ein englisches Mädchen aus Wakefield, mit einem spitzen Gesicht und unscheinbarem Haar. Billy O'Brien kannte sie, seit sie zwanzig war, also seit zwölf Jahren. Damals hatte sie gerade seinen Freund Frederick Christopher geheiratet, mit dem er auf der Schauspielschule gewesen war. Frederick war ein junger Schauspieler, der eben seine erste Spielzeit bei einer Wanderbühne hinter sich hatte. Annabel hatte kleine Rollen in englischen Filmen gespielt, in denen sie als das auftrat, was sie auch war: ein unbedeutendes junges Ding. Zu jener Zeit waren sie alle wieder ohne Engagement und hatten Gelegenheitsarbeiten übernommen. Annabel war Kellnerin in einem Café. Frederick gab Unterricht in Sprecherziehung und Stimmbildung in der Oberklasse einer Aufbauschule. Billy O'Brien ging stempeln und schrieb, um sich Karten zu verschaffen, Theaterkritiken für kleine Zeitschriften – und da er seine derzeitige Freundin aus finanziellen Gründen nicht halten konnte, fing er an, Annabel von Liebe zu reden, neugierig, wie sie es aufnehmen würde. Sie reagierte träge und verbrachte zwei Nachmittage im Bett mit ihm; anschließend zogen sie sich an und brachten das Bett in Ordnung. Wenn Frederick nach Hause kam, sprach er nur über Stimmbildung. «Atmen», sagte er, «ich hebe immer hervor, daß Atmen, Atmen, Atmen der entscheidende Faktor bei der Stimmbeherrschung ist. Sie müssen einfach lernen, zu atmen.» Wenn er Billy vorfand, sagte er dasselbe, und Annabel brühte eine neue Kanne Tee auf.

Billy ging dann zurück nach Belfast, um im Lebensmittelladen seines Onkels zu arbeiten und sich so durch den Winter zu bringen. Beim Abschied sagte er, nun würde er den ganzen Tag Schinkenspeck schneiden, so wie es sich seine Mutter immer für ihn erträumt habe. Billy stellte sein Bierglas ab und führte vor, wie er Schinkenspeck schnitt: mit der einen Hand drehte er den nicht vorhandenen Griff der nicht vorhandenen Maschine und mit der anderen legte er für den Kunden seiner düsteren Gedanken dünne, imaginäre Schinkenspeckscheiben auf ein unsichtbares Stück sauberen Fettpapiers. Er sagte: «Meine Mutter möchte, daß ich mich an meinen Onkel halte, weil er keine Kinder hat.» Sie lachten alle. Billy gab Annabel einen biergeschwängerten Kuß und verschwand, während sie alle drei noch lachten.

Drei Jahre später tauchte Billy wieder auf. Er hatte viele Berufe ausgeübt und viele Rollen in vielen Theatern gespielt. Er war Theaterkritiker für eine neue Zeitschrift geworden und hoffte nun, eine feste Spalte in einer großen Tageszeitung zu bekommen. Er hatte sogar bereits eine Liste von Leuten vorbereitet, die er interviewen wollte.

Annabel war inzwischen sehr gefragt für kleinere Filmrollen, stets von der gleichen Art: man rief sie, wann immer ein junges Ding gebraucht wurde – das Tippmädchen, das wegen eines vergessenen Pakets gerade dann ins Büro zurückkam, wenn nebenan hinter der Tür des Chefs die entscheidende Auseinandersetzung im Gange war; das kleine Hausmädchen, dessen unvorhergesehenes Turteln mit dem Botenjungen die Flucht der Kidnapper vereitelte; das verwahrloste Mädchen in der Untergrundbahn, eine von jenen, die nie wieder zu ihrer Schlafstelle in Poplar zurückkehrten; und dann spielte sie eine etwas größere Rolle, nämlich die Krankenschwester, die fälschlich beschuldigt wird, Drogen gestohlen zu haben, und die dann im Erster-Klasse-Zimmer eines Hospitals in Bangkok allmählich wieder zu sich kommt unter den wachsamen Augen einer ‹Krankenschwester›, die sich als eine ehemalige Patientin von ihr entpuppt; und sie spielte noch viele andere Rollen. Ihre Augen waren nicht groß, und daß sie auf der Leinwand doch so wirkten, war ein Rätsel. Ein noch größeres und verzwickteres Rätsel aber war, daß noch zehn Jahre vergehen sollten, ehe Luigi Leopardi (von vielen seiner Freunde

«V» genannt, ausgesprochen «Vo», denn sein richtiger Name war Vincenzo), der italienische Produzent, ihre Augen auf der Leinwand in die einer Tigerkatze verwandelte. (Die Pressechefin der Filmgesellschaft war die erste, die sie in der Vorwerbung für *‹Das Haus an der Piazza›*, den Film, der ihr erster großer Erfolg wurde, als «Die Tigerkatze» bezeichnete. Doch bevor der Film anlief, hatte Luigi das in «Der englische Lady-Tiger» geändert, und so wurde sie von da an auf den Plakaten und auch sonst überall genannt.)

In jener ersten Zeit, als sie beim englischen Film gefragt zu werden begann, hatte sie keine Möglichkeit herauszufinden, daß sie tatsächlich dumm war, denn es gehört nun einmal zum Wesen der Dummheit, daß sie ohne Spiegel am besten gedeiht. Ihr Mann ließ, wenn sie mit ihm und seinen Freunden zusammen war, besonders aber in Gegenwart von Billy O'Brien, nachsichtig und durchaus liebevoll durchblicken, daß er sie für dumm hielt, aber solange sie darin keine Verachtung spürte, nahm sie es ohne Mißfallen hin. Daß sie in zunehmendem Maße mehr Geld verdiente als ihr Mann, schien ihr damals nur als Beweis dafür, daß er keine Lust zum Arbeiten hatte. Obwohl das in keiner Weise zutraf, nagte in ihr der Gedanke, daß er faul sei, und ihren kleinen, scharfen Zähnen entschlüpfte bisweilen, peinlich und unvermittelt, in Gegenwart anderer eine Bemerkung wie: «Tut mir leid, ich muß jetzt ins Bett. Ich bin nämlich der arbeitende Teil der Familie.»

Und in zunehmendem Maße blieb Frederick den ganzen Tag über in ihrer Wohnung in Kensington, lebte von ihrem Geld, las Buch für Buch – all die Bücher, die er schon immer hatte lesen wollen. Er hatte sich nach dieser Bereicherung seines Lebens gesehnt. Es gab nur wenige Rollen, die seinem schauspielerischen Talent entsprachen, sofern ein Talent, das nie genutzt wird, als vorhanden betrachtet werden kann. Frederick huldigte jedoch der Theorie, die zufällige Zusammensetzung seiner Gene habe ihn dazu bestimmt, ausschließlich Hauptrollen in Stücken von Strindberg, Marlowe und Tschechow zu spielen (aber nicht von Shakespeare); und damit hatte er sozusagen recht, wie man fatalerweise immer recht hat im Bereich der Hypothesen, wo nichts meßbar ist und nichts unwiderruflich falsch. Im Grunde war seine Entscheidung darüber, welche Bühnenrollen ihm lagen, völlig belanglos; nie wurde er auch nur für irgendeine Rolle in den Stücken, in denen er gern aufgetreten wäre, in Erwägung gezogen.

Als er neunundzwanzig war, war sein unzweifelhaftes Talent nur wenige Male in kleineren Aufführungen erprobt worden und dann nie wieder. Sein Geist hatte die spiraligen Windungen einer Wendeltreppe und sah von jeder Höhe und aus jedem Blickwinkel auf sein jungfräuliches, unerprobtes Talent. In Wirklichkeit war Frederick ungeübter Intellektueller. Vielleicht war er niemals glücklicher im Leben als an jenen langen Vormittagen zu Hause, wenn er die unterschiedlichste Literatur zum Thema ‹Totentanz› las und Strindberg mit Anmerkungen versah, während Annabel mit ihrer bescheidenen Begabung und den vielen Möglichkeiten, sie zu nutzen, in den Studios oder für ein paar Wochen im Ausland arbeitete.

Was sie tat, das war in seinen Augen etwas ganz anderes als das, was er tun wollte. Sie stimmte ihm darin stets zu, da sie ohnehin nicht wußte, wovon die Rede war. Wenn er vom ‹Gestalten› einer Rolle sprach, stimmte sie allem zu, was er sagte, weil es etwas war, das sie seit der Schauspielschule immer wieder gehört hatte: alle sprachen vom Gestalten einer Rolle und von großer Schauspielkunst. Sie hatte nur eine undeutliche Vorstellung, was damit gemeint war. In der Praxis bestand ihre eigene instinktive Schauspielmethode darin, daß sie sich selbst spielte, daß sie eine Reihe von Stellungen vor der Kamera einnahm, ganz als ob sie sich für private Zwecke fotografieren ließe. Sie wurde immer geschickter darin; sie wurde eine wahre Meisterin. Zehn Jahre später wurde sie, von Luigi Leopardi protegiert, dank dieser Fähigkeit als eine sehr gute Schauspielerin anerkannt.

In jenen frühen Tagen, als sie nur kleine Rollen spielte, begann ihre Dummheit zu schmelzen: sie war nicht im geringsten darauf aus gewesen, ihre Dummheit zu überwinden, doch nun sah sie mit dem Selbstvertrauen der Filmerfahrung, daß sie sie irgendwie überlistet hatte. Sie brauchte nicht besonders gescheit zu sein, sie mußte nur da sein; sie brauchte nichts zu gestalten, sie mußte nur vor die Kameras treten. Sie sagte das zu Frederick, als sei sie verwundert darüber, daß sie das nicht eher herausgefunden hatte. Er reagierte gereizt und sah überall nur Oberflächlichkeit: «Du versuchst nachträglich Erklärungen zu finden und legst dir eine Theorie zurecht. Du bist keine Schauspielerin. Du hast nur das Glück, Rollen zu bekommen.»

«Genau das sage ich ja.»

Es ist leicht, zurückzublicken und ein Bild davon zu entwerfen, wie alles kam. Damals war alles unklar.

Er wurde streitsüchtig, war es aber nicht mit ihr. Und weil sein Zorn sich nicht gegen sie richtete, sondern sehr oft gegen andere um ihretwillen, merkte sie kaum, daß er ein übellauniger Mann geworden war. Erst als er seine beschützerische Wut einmal in die falsche Richtung lenkte und einen Filmregisseur beleidigte, begann sie sich unbehaglich zu fühlen.

«Warum in aller Welt hast du das gesagt? Er ist so schon schwierig genug.»

«Du hast dich dauernd über ihn bei mir beklagt. Glaubst du, ich stehe einfach da und sehe zu, wie du herumgestoßen wirst?»

Sie hatte darüber gemurrt, daß der Regisseur sich völlig unvernünftig verhielt, ein Neurotiker war, daß er zuviel trank und überhaupt unmöglich war: für sie war dieses Murren gewissermaßen nur eine häusliche Entspannung gewesen. Wenn sie einen Film machte, passierte meistens irgend etwas, das sie aufregte. Sie hatte sich daran gewöhnt, solche Geschichten zu Hause bei Frederick abzuladen, als ob er eigens dafür da wäre. Unabsichtlich übertrieb sie dabei – nur so zur Unterhaltung. Aber nun hatte er sich zum erstenmal in ihre Arbeit eingemischt; das erschreckte sie. Meine Karriere, dachte sie, meine Karriere. Dann sprach sie diesen Gedanken ihm gegenüber aus. Er lächelte. Zehn Tage lang konnte sie sich nicht darüber beruhigen.

Während ihrer Abwesenheit schrieb er in jenem Jahr heimlich ein Drehbuch. Es wurde angenommen, und er verdiente zu ihrer größten Verblüffung Geld damit. Sie hatte in diesem Jahr eine Affäre mit einem humorlosen jungen Amerikaner, der Theaterwissenschaft studierte und eine kleine Rolle in einem ihrer Filme erhalten hatte. Die Affäre dauerte zwei Monate und spielte sich vorwiegend bei Tageslicht ab, in den freien Stunden zwischen den Aufnahmen. Sie endete damit, daß sie zweimal über seinen Gesichtsausdruck lachte. Er war achtundzwanzig, so alt wie sie selber, und hatte sich für einige Jahre vom Dienst in der US-Armee zurückstellen lassen, um sein theaterwissenschaftliches Studium in Europa abzuschließen. Einmal lachte sie über ihn, weil er so zornig und ungeduldig mit der Telefonvermittlung war; sein Einberufungsbefehl hatte ihn erreicht, bevor er sein Gesuch um Verlängerung der Zurückstellung aufgesetzt hatte, und an diesem Nachmittag versuchte er seinen Rechtsanwalt in Kalifornien anzurufen; er schrie die Telefonistin an, daß es sich um ein Vorzugsgespräch handle, es sei dringend und lebenswichtig. Da hatte sie das erste Mal über ihn gelacht. Er blickte sie verletzt und verwirrt an, mit dem runden, hellen Gesicht eines Schuljungen, irgend jemandes kleiner Bruder, der (wie es ja hätte sein können) nun zum erstenmal erkannte, daß seine Mutter keine Tiere mochte. Annabel wußte nicht, warum sie lachte, aber das war der Grund. Das zweite Mal geschah es, als sie zusammen bei einem Filmproduzenten zum Essen gewesen waren, Champagner getrunken hatten und hinterher in seiner Wohnung ins Bett gegangen waren. Er stand auf, ging ins Badezimmer und übergab sich. Er kam zurück und erzählte es ihr. Sie legte sich schläfrig in die Kissen zurück, riet ihm, sich ebenfalls hinzulegen, und schloß die Augen.

«Aber mir ist schlecht!» rief er. «Mir ist schlecht!» – so daß sie die Augen öffnete und ihn da auf dem Teppich stehen sah wie ein Spielzeugmännchen, die Arme steif und seitwärts weggestreckt, als ob sie aus Stoff wären und gefüllt mit Kleie und Sägemehl. Augen und Mund schienen vollkommen rund, als er in das Gesicht ihrer englischen Mitleidlosigkeit starrte. Sie lachte ein zweites und letztes Mal über ihn.

Hinterher sagte er: «Ich werde nie vergessen, wie du über mich gelacht hast, als mir schlecht war.»

Sogleich wenn eine Affäre vorüber war, erzählte sie Frederick diese Geschichten, wobei sie die Partien im Bett ausließ – mit Bedauern freilich, denn die Geschichten schienen ihr ohne die Bettpartien weniger amüsant. Frederick fand ihre Erzählungen komisch und kicherte mit ihr; später jedoch, wenn er allein vor sich hin grübelte, malte er sich aus, wie das Ganze wohl gewesen sein mochte, stellte Vermutungen und Überlegungen an und dachte, vielleicht waren sie dabei im Bett, waren vorher im Bett gewesen oder waren drauf und dran, ins Bett zu gehen.

Doch sie war froh, daß ihre Ehe nicht zerbrochen war, wie es während der ersten Jahre ihrer kleinen Erfolge fast ausgesehen hatte. Innerhalb weniger Monate schrieb Frederick ein neues Drehbuch; in dem betreffenden Film sollte sie die Hauptrolle spielen. Er hörte nun genauer auf das, was sie sagte, und schien sie nicht mehr für ganz so dumm zu halten wie früher. Sie dachte bei sich, er ist eben doch ein interessanter Mann, verglichen mit den übrigen. Ihr gefiel es, daß sein leicht gekräuseltes Haar anfing, grau zu werden.

Ihr neues berufliches Leben hatte in der Tat ihren Verstand geschärft. Sie fand es aufregend. Sie fand es erschreckend. Sie klammerte sich an Frederick und sogar an seine alten Freunde, die kamen und gingen und aus ihrem Leben wieder verschwanden – und besonders heftete sie sich an Billy O'Brien, der, das spürte sie, Frederick bei Laune hielt, wenn sie von zu Hause fort war.

Billy verspottete sie, nahm übel und beleidigte sie sogar. Sie tolerierte das um der alten Zeiten willen; er war eines der letzten Überbleibsel aus einem vergangenen Leben, von dem sie damals nicht gewußt hatte, daß es so gut war, wie es rückblickend nun schon den Anschein hatte. Jetzt hatte sie mehr Geld, mehr Briefe, mehr zu tun, mehr, worüber sie reden und nachdenken konnte. In jenen Tagen hatte sie manchmal an freien Nachmittagen einen Brief an ihren Vater geschrieben, an eine Cousine oder an eine Schulfreundin. Sie hatte den Brief mit der Hand geschrieben, ihn zugeklebt, zur Post gebracht, eine Marke gekauft, sie angeleckt, auf den Umschlag geklebt und festgedrückt; dann hatte sie den Brief zum Briefkasten getragen und ihn fallen lassen mit einem Plumps. Diese höchst befriedigende Folge von Handlungen war ihr nun für immer versagt. Jetzt dachte sie mehr mit Rührung als mit Bedauern an diese langen Briefe, in denen nichts Besonderes stand, und daran, wie sie sie eingesteckt hatte und vom Briefkasten wieder nach Hause gegangen war, um Wasser für den Tee aufzusetzen.

Einmal, als er spät mit Billy nach Hause kam – gegen zwei Uhr früh –, sagte sie sentimental: «Es war so schön in den alten Tagen, wenn ich manchmal einen Brief schrieb und ihn einstecken ging: nur einen Brief. Und dann . . .»

«Laß doch diese Pose», sagte Billy. Sie stand auf dem Teppich, eine Hand auf ein Tischchen gestützt, und blickte zurück in ihre Jugend, als spiele sie eine Frau in mittleren Jahren.

«Das ist keine Pose», sagte sie und ließ sich in einen Sessel fallen. «Ich habe so gern Briefe zur Post gebracht, das ist alles.»

Frederick war leicht betrunken und trank jetzt einen Whisky Soda. Er sagte: «Sie denkt, ich bin ihr Briefkasten, ein solider knallroter Briefkasten, in den sie ihre Briefe werfen kann. Genau dazu braucht sie einen Ehemann.»

Sie ging rasch zu Bett, weil sie dem Wunsch nicht nachgeben wollte, weiter darüber zu reden, womit sie womöglich einen Streit heraufbeschworen hätte. Sie hätte gern gestritten, aber sie mußte um sieben aufstehen, damit sie um acht mit klaren Augen im Atelier war. Frederick war nicht oft betrunken. Gewöhnlich duldete er Billys Sticheleien ihr gegenüber, beteiligte sich aber nicht daran.

Die Hetzjagd ihrer Stunden ließ ihr keine Zeit mehr, so viele Briefe zu schreiben. Eine Sekretärin der Filmstudios kam ihr zu Hilfe, wenn die Papierflut überhand nahm, und beantwortete die Briefe mehr oder weniger in ihrem Sinne. Eine Agentur schloß die Verträge für sie ab und handelte die Arbeitstage und die entsprechende Gage für sie aus. Diese Gagen waren hoch, sie verdiente in einer Woche mehr als Frederick bei fieberhafter Arbeit an seinen Drehbüchern in mehreren Monaten.

Es sollte noch die Zeit kommen, da sie auf diese Jahre mit genau derselben Wehmut zurückblickte, mit der sie jetzt an die Zeit dachte, als sie noch selbst ihre Briefe in den Kasten steckte. Mit Staunen und unbegreiflichem Schmerz sollte sie zurückblicken auf die Zeit gelegentlich aushelfender Sekretärinnen, der ständig wechselnden Hausmädchen und Putzfrauen, auf das Glück, das sie darüber empfand, so viel beim Film zu tun zu haben, auf ihre mehr oder weniger trivialen Erfolge und darauf, wie es ihr gelungen war, ihre Dummheit so weit zu überlisten, daß sie Frederick mit jener Geschichte von dem kalifornischen Studenten – und wie komisch er ausgesehen hatte – unterhalten konnte.

Das Drehbuch, das Frederick in dem Jahr, als sie dreißig wurde, für sie schrieb, wurde in Rom verfilmt. Sie hatten sich dort manchmal in ihren Sommerferien aufgehalten und die freie Luft der italienischen Filmwelt geatmet, angezogen vom Treiben in den Cafés der Via Veneto, wo, von den Touristen abgesehen, jeder beim Film war oder beim Film sein wollte. Sie hatten auch die Ruinen besichtigt und die Schauplätze der Antike besucht. In dem Film, den sich Frederick für Annabel ausgedacht hatte, sollte sie eine englische Gouvernante spielen, die mit ihren amerikanischen Brotgebern, einer Diplomatenfamilie mit drei Kindern, nach Rom gekommen ist.

Nachdenken ist eine qualvolle Tätigkeit. Frederick hatte es weitgehend aufgegeben, und die Tatsache, daß er das schuldbewußt vor sich selbst verbarg, hatte ihn mimosenhaft empfindlich gemacht. Er war leicht verletzt. Als Annabel beim Lesen des Drehbuchs sagte: «Ich finde es gut, es ist wie *‹Die sündigen Engel›*, nicht wahr?» – da wurde er wütend.

«Was zum Teufel redest du denn da? Du hast doch *‹Die sündigen Engel›* nie gelesen.»

«Nein, aber ich habe den Film gesehen. Ich habe nur den Film gemeint. Aber mir gefällt dein Drehbuch. Mir gefällt es. Ich wollte nur sagen, daß es ebenso bedeutend ist wie *‹Die sündigen Engel›* – das ist alles, und daß es mir deshalb gefällt.»

Mit betonter Sorgfalt und Bedächtigkeit nahm er ihr das Manuskript aus der Hand; dann sagte er, jede Silbe akzentuierend wie ein Sprachlehrer, der seinem Schüler vorspricht: «Würdest du mir bitte einen Gefallen tun, Annabel?»

«Ich weiß nicht», sagte sie und starrte ihn gefährlich an – mit einem Ausdruck, der scheeläugig wirkte, obwohl es der gleiche war, der später dank der hervorragenden Farbtechnik des Films so feurig und so wunderbar zur Geltung kam.

Er fuhr fort, überakzentuiert zu sprechen. «Bitte sprich nicht von ‹bedeutend›, davon verstehst du nichts. Und das liegt daran, daß du selber *un*bedeutend bist.»

Annabel sagte sofort: «Findest du? Na schön – Meinungen einer Minderheit sind immer interessant.» Das war ihre neueste Art zu reagieren; sie war in letzter Zeit unter den Einfluß einer Clique junger Leute geraten, die vor allem durch die Eigenschaft berühmt waren, Kinder berühmter oder sagenhaft reicher Leute zu sein, und zwar besonders unter den Einfluß von Golly Mackintosh, einer zweiundzwanzigjährigen philippinischen Erbin, deren junger Kopf voll graugefärbter Haare war und die auf ihre Umwelt so charmant und herzlos wie eine Blume reagierte. Golly pflegte, wenn man sie kritisierte oder lobte, ein oder zwei Worte wie Papierkügelchen zurückzuschnippen, und Annabel hatte diese Gewohnheit mit raschem

Einfühlungsvermögen übernommen, so als nähme sie bei Golly Schauspielunterricht.

Frederick, dem das alles nicht entging, war immer wieder verwirrt und verbittert über ihre umwerfende Fähigkeit, die eindrucksvollsten Effekte mit den oberflächlichsten Mitteln zu erzielen. Er war wütend darüber, daß es ihr gelang, die anderen zu täuschen. Es war seine Überzeugung, daß ein Schauspieler aufgehen mußte in der Rolle, die er spielte, und daß er emotionell nachempfinden und von innen her zum Ausdruck bringen mußte, was er darzustellen hatte. Sogar als Schauspielerin, dachte er, betrügt Annabel irgendwie, sie spielt nur aus einem Gefühl für Äußerlichkeiten heraus.

«Du lebst nie in deiner Rolle, nicht wahr?» hatte er gesagt.

«Ich weiß nicht, was du meinst», sagte sie. «Wenn ich spiele, dann arbeite ich. Was meinst du also? Man muß seine Rolle spielen, wenn man dran ist.»

Er hätte sie am liebsten verlassen und beschloß, das eines Tages auch zu tun. Eines Tages, dachte er, muß ich gehen. Je größer ihr Ruf wurde und je mehr sie glaubte, darauf Anspruch zu haben, um so mehr war er gefesselt von dem ungeheuren Ausmaß ihrer Täuschung. Sooft einer seiner alten Freunde davon sprach, daß ihr Spiel doch einige Tiefe habe oder Charme oder besonderen Wert, nährte das insgeheim nur seinen Abscheu, und er erinnerte sich daran, daß niemand außer ihm wissen konnte, wie hohl sie in Wirklichkeit war. Ich kenne sie, dachte er, innen und außen. Sie kennen sie nicht.

Sie war sich seines geheimen Lebens ebensowenig bewußt wie ihres eigenen, denn das ihre drückte sie nicht aus. Sie formulierte im Geist wahrscheinlich nie einen Satz, den auszusprechen sie gezögert hätte. Aber auch ihre geheimen Absichten nahmen trotzdem Gestalt an. Und in der alltäglichen Praxis waren diese Geheimnisse des Herzens keineswegs eine schlechte Basis für eheliche Liebe. Sie vertrugen sich nach jedem Krach wieder, gingen miteinander aus, waren aneinander gewöhnt. Mehr noch, sie waren stolz aufeinander, da in ihrer sich ausdehnenden Welt er als hochinteressant und sie als ungewöhnlich talentiert galt.

Fredericks Drehbuch wurde zur Verfilmung mit Annabel als Star angenommen. Es war ihre bisher bedeutendste Rolle. Die Gesellschaften, die den Film finanzierten, sagten Frederick, sie könnten das Risiko mit Annabel eingehen, da ein in Italien gedrehter Film billig in der Produktion sei.

2

Im ‹*Haus an der Piazza*›, dem Gouvernantenfilm, den Frederick für sie geschrieben hatte, gab es eine Szene, die Luigi Leopardis Phantasie entflammte. Er war finanziell mit einer geringen Summe an dem Film beteiligt und sah bei den Aufnahmen am Bernini-Brunnen auf der Piazza Navona zu. An dieser Stelle der Filmstory war Fredericks Drehbuch von vielen Händen umgeschrieben worden; die letzte Fassung, akzeptiert von der amerikanischen Gesellschaft, die das meiste Geld gab, hatte Frederick zunächst zu der Forderung veranlaßt, daß sein Name aus den Voranzeigen herausgenommen wurde. Später jedoch, als die Werbung einsetzte, ließ er seinen Namen wieder nennen.

In dem Augenblick, als Luigi Leopardi auf sie aufmerksam wurde, war die Handlung an dem Punkt angelangt, wo Annabel als englische Gouvernante in einer stillen, heißen Sommernacht aus dem Haus schlich und im Planschbecken des großen Bernini-Brunnens auf der Piazza Navona zu tanzen begann – um die Leidenschaft für den Hausherrn abzukühlen, die sie überfallen hatte. (Des Hausherrn Frau trieb es übrigens mit einem italienischen Maler, und zwar auf Verlangen der Filmdirektoren; sie hatten das Gefühl, solche Untreue machte die Affäre des Ehemannes mit Annabel moralischer.) Dieser harmlose Flirt begründete Annabels Ruf, obwohl er an sich völlig unbedeutend war. Er wurde kein Publikumserfolg. Die Gesellschaft verlor Geld. Frederick gab dem veränderten Drehbuch die Schuld, der Regie, der Kameraarbeit, den männlichen Darstellern, den zu unnatürlichen Kindern, und er warf Annabel vor, sie habe nur für ihr Image gespielt, das sich allmählich abzeichnete: zuerst in italienischen Filmzeitschriften und dann immer weiter westwärts. Er behauptete, sie habe ihr Image auf Kosten des Films ausgebaut.

Er wartete nach dem Anlaufen des Films noch drei Wochen, bis er all das aussprach, und er gab sich dabei gelassen und nahezu uninteressiert, so als ob er über einen anderen Film spräche, den sie zusammen gesehen hatten. Sie hörte ihm zerstreut zu, denn sie lag – in dem Haus in Surrey, das sie jetzt gekauft hatten – mit angezogenen Beinen auf dem Sofa mit den blauen Chintzrosen und las sich durch einen Stoß neuester Kritiken des Films, die in Zeitschriften, Provinzzeitungen und anderen kleinen Blättern erschienen waren. Der Stapel war soeben mit der Post gekommen. Sie las nicht jede Kritik vom Anfang bis zum Ende, sondern überflog sie nur rasch, ließ für den Augenblick die wild metaphorischen Passagen aus, die Aufbau und Handlung betrafen, und stürzte sich auf alles, was über sie und ihre Darstellung gesagt wurde. «Sie ist eine Jane Eyre des 20. Jahrhunderts . . .» – «Sie ist unbestritten ein ‹Tiger im Tank› . . .» – «Obwohl dieser Film ein armseliges Vehikel für ihre Begabung ist, hält Annabel ihn auf bewundernswerte Weise zusammen. Die Szene im Garten, in der sie mit einem Ausdruck erschreckender Heiterkeit in das heimliche Versteck der Kinder schlüpft . . . Das Zusammenspiel äußerlicher Schicklichkeit und einer Tigerseele . . . Irgendwo zwischen Jane Eyre, einer Heldin von D. H. Lawrence, und der Gouvernante in *‹Die sündigen Engel›*. Die Kinder allerdings . . .» Die Kritik war überschrieben: «Soll ein Ehemann für seine eigene Frau ein Drehbuch schreiben?» Die letzte Kritik stammte aus der Wochenzeitung in Belfast, bei der Billy O'Brien die Filmspalte hatte. Billy schrieb:

«Annabel Christophers Darstellung ist ein *chef-d'œuvre* und auch ein *succès d'estime*. Obwohl sie niemals ein großer Star werden wird, hat sie doch eine unleugbare Ausstrahlung, ein *je ne sais quoi*. Aber dieser Film war nun wirklich außerhalb von Miss Christophers Möglichkeiten. Es hätte ein großer Film sein können, wäre die Besetzung ... Überflüssig zu sagen, daß die Intelligenz der Dialoge verschwendet war ...»

Während Annabel diese Kritiken las, hörte sie, wie Frederick in seiner leidenschaftslosen Analyse fortfuhr, und spürte eine Bitterkeit, die sie erwartet hatte. Sie sagte: «Was ist denn Schlechtes an einem Image?» und legte Billys Kritik beiseite, weil sie so komisch war und sie sie sobald wie möglich am Telefon Golly Mackintosh vorlesen wollte.

«Was ist denn Schlechtes an einem Image?» fragte sie Frederick. Sie sah ihn an und war mehr denn je von seiner Rolle als Theoretiker überzeugt – denn sie setzte äußeren Anschein stets einer ‹Rolle› gleich; ob er wirklich ein Theoretiker war oder nicht, war dabei gleichgültig. Er war ein gut aussehender Schauspieler mit markanten Wangenknochen und tiefliegenden Augen. Als ihr Ehemann gab er ein ausgezeichnetes Image ab.

Sehr junge Mädchen, junge Schauspielerinnen und Filmsternchen fühlten sich von seiner Seriosität besonders angezogen. Mit einigen von ihnen hatte er geschlafen, vor allem mit einer langhaarigen, pfirsichhäutigen Schönheit, mit der zusammenzuleben er im Augenblick sehr versucht war.

Alle paar Wochen wollte er Annabel verlassen. Während er einerseits ihre Zuneigung ermutigte, fürchtete er sie zugleich, weil sie von einer Art war, die seine Seriosität gefährdete. Sie hatte kürzlich zu ihm gesagt, was er früher zu ihr gesagt hatte: «Laß doch diese Pose.» Er hatte geantwortet: «Pose? Glaubst du, man tut alles nur der Wirkung wegen, bloß weil du selbst kein anderes Motiv hast?» Sie hatte gesagt: «Warum bist du eigentlich jetzt weniger menschlich wie früher?» Und er hatte geantwortet: «Du meinst: *als* früher.»

Annabel begriff zumindest, daß er sich, wenn auch nur um der Wirkung willen, ein privates Image der Seriosität zugelegt hatte und daß sie es gefährdete. Aber sie verdiente jetzt sehr viel Geld; sein attraktives, intellektuelles Auftreten und die Würde, die es seinem Leben verlieh, hingen weitgehend von ihren Einnahmen ab.

Er war geblendet von ihrer Gleichgültigkeit gegenüber diesen Dingen; er war verwirrt. Es war nicht mehr wie früher, als sie zu sagen pflegte: «Ich muß jetzt nach Hause ins Bett. Ich bin der arbeitende Teil der Familie.» Jetzt sprach sie nur noch beiläufig von ihrem Geld. Daß es möglicherweise ihr Geschäftssinn war, der sie die Tatsache, daß er von ihrem Geld lebte, ignorieren ließ, bestürzte ihn. Sie konnte sich ihn, Frederick, leisten; er war kein Problem mehr. Sah Annabel die Situation so? Er war verwirrt, beeindruckt und ständig gereizt. Jeden Augenblick konnte sie ihre Meinung ändern. Sie war launisch. Aber sie ging rücksichtslos ihren Weg weiter, und er dachte über ihr inneres Gleichgewicht nach. Und wieder war er eifersüchtig auf die anderen Männer in ihrer Nähe.

Möglicherweise hätten sie sich jetzt getrennt, wäre nicht Annabel in ihrem nächsten Film ‹*Minerva kam auf Bahnsteig 10 an*› so erfolgreich gewesen. Damit wurde sie in den Augen der Öffentlichkeit endgültig die englische Tiger-Lady, und ihrer beider Privatleben wurde dadurch, daß man es ein paar Wochen lang auf den Titeln und den Bildseiten der größten Zeitschriften der Welt ausbreitete, zu einer Art Filmtrailer.

Während der Aufnahmen für ‹*Minerva kam auf Bahnsteig 10 an*› wohnten sie in einem römischen Hotel. Frederick hatte zwar nicht das Drehbuch geschrieben, doch wegen Annabels steigender Einkommensteuer hatte man ihn nominell als ‹Berater› engagiert. Er machte nicht die geringsten Anstalten, den Berater zu spielen, zumal er in Rom Freunde gefunden hatte.

Billy O'Brien war ihnen gefolgt und sah sich nach Filmarbeit um. Er gab gelegentlich englischen Schauspielern Unterricht in Stimmbildung und brachte italienischen Schauspielern Englisch bei.

Frederick war besonders entzückt von Luigis Pressechefin, einer sehr kleinen Italienerin von achtundzwanzig Jahren, die aus ihrer Familie ausgebrochen war, um Karriere zu machen. Sie wußte, wie tüchtig sie in ihrem Beruf war, und hatte nach mehr Selbständigkeit gelechzt. Sie fand sie nun in dem Auftrag, Annabel aufzubauen. Sie hieß Francesca.

Frederick war fasziniert von Francescas emanzipiertem Tatendrang – typisch für junge Italienerinnen, die sich eine eigene Wohnung nehmen, mit Liebhabern leben und für wenig Geld viele Stunden intensiv arbeiten. Bei Francesca war das mit einer im Kloster anerzogenen Zurückhaltung verbunden und mit einer tiefverwurzelten Achtung vor dem Mann; sie zog instinktiv sogar einen Kater einer Katze vor. Sie war geschickt in ihrer Arbeit.

Francesca hatte sich ohne Zögern für ihre Arbeit bei Luigi und gegen ein Verhältnis mit Frederick entschieden; sie kombinierte in ihrem flinken kleinen Hirn, daß sie auf diese Weise auch am besten ihren und Luigis Interessen bei ihrer Öffentlichkeitsarbeit für den Film diente; sie präsentierte Frederick und Annabel als berühmtes Paar, makellos bei Tage, leidenschaftlicher Liebe hingegeben im Schutz der Nacht. Sie kannte die italienischen Zeitschriften so gut, wie diese sich selbst kannten, das heißt, sie wußte, daß sie keine andere Art von Vitalität kannten als ihre eigene, und eben das war ihre Stärke; denn diese sonnigen Magazine Italiens brachten wöchentlich strahlend die Gerechten wie die Ungerechten ins Gerede, wühlten die Herrlichkeiten ihrer Laster auf. Ihre Gefühlsskala war so groß wie die der großen Oper, aber nicht subtiler. Das geheimgehaltene Kind eines Filmstars wird entdeckt, am besten ein Sohn; eine Opernsängerin erzählt von der Eifersucht, mit der sie zur Zeit von der Gattin des Tenors verfolgt wird (unter der Schlagzeile «Asunta ist eifersüchtig auf mich»); Scheidung in einer königlichen Familie ist ein Standardknüller, desgleichen jede Geschichte, in der Mutterliebe vorkommt, besonders, wenn dabei ein ständiger Liebhaber geopfert werden muß. Abgrundtiefe Schurken, reine Unschuldslämmer – die berühmtesten, kompliziertesten Charaktere der Welt geben immer wieder die Besetzung ab für diese simplen Rollen.

Nur ein Land mit so dramatischer, in den sieben Todsünden gewiegter Geschichte konnte mit solchem Enthusiasmus diese volkstümliche Kunstform pflegen – die sieben Todsünden: Stolz, Geiz, Unkeuschheit, Neid, Unmäßigkeit, Zorn, Trägheit. Zu der Zeit, als Annabel Christophers Image aufgebaut wurde, und auch danach verging keine Woche, in der nicht eines dieser reinen Laster im Mittelpunkt einer neuen Sensation stand. Die dem Image dienenden fröhlichen Sensationen wurden zwar unweigerlich mit dem Optimismus eines ersten Akts präsentiert, trugen aber bereits alle Möglichkeiten eines früher oder später folgenden dritten Akts und seiner düsteren Enthüllungen in sich. Die korrespondierenden Kardinaltugenden wurden wie fast überall entweder überhaupt nicht oder nur mit beißendem Spott erwähnt. Die einzige Tugend, die man feierte, war die Bereitschaft zum Vergeben, ihr wurde seitenlang leidenschaftlich gehuldigt, und vergebende Frauen und Mütter waren besonders beliebt.

Ein Start unter solchen Voraussetzungen war ein guter Start. Wenn diese Stories überhaupt ankamen, dann kamen sie gut an. Deutschland und Frankreich griffen sie auf. Langsam, gerüchtweise und mit raffinierten Akzenten sickerten sie nach Westen durch. Ein Irrtum zu glauben, sensationelle Veröffentlichungen gingen immer von Amerika aus. Dort enden sie – in einer etwas müden Fassung. Doch sie beginnen klassisch, unschuldig, gedankenlos und jung in Italien, dem Mutterland der Sensationen.

Annabel bekam ihren guten Start. Jeder in der Welt des Journalismus fand, daß Luigis Pressechefin Francesca sie mit einem neuen, brillanten Dreh präsentierte, der nach allgemeiner Ansicht die Schauspielerin ebensogut lancierte wie den Film. Und Francesca, euphorisch in ihrem Erfolg, wurde geradezu dämonisch davon angetrieben, daß sie auf Frederick als möglichen Liebhaber verzichtet hatte; alles, nur nicht zurück zu ihrer Familie. Sozusagen stellvertretend für sich machte sie nun Annabel zur unzertrennlichen Gefährtin Fredericks. Francesca brachte ihn in der Annabel-Story unter. Sie suchte so lange unter Luigis Pressefotografen, bis die denjenigen fand, der die wenigsten eigenen Einfälle hatte. Dann ließ sie das Paar nach ihren Ideen vor der Kamera posieren. Sie brachte Frederick ins Bild, genauso wie sie ihn in die Story gebracht hatte. Sie arrangierte Presseinterviews und beaufsichtigte die Fotografen. Sie war überall. Ein paar Stories schrieb sie selbst – in welchen Nachtstunden? Sie versorgte die Journalisten mit Informationen und arrangierte das Image von Annabel Christopher und Gemahl zu Luigis größter Zufriedenheit, die er jedoch nicht allzu feurig bekundete, damit Francesca nicht anfinge, zuviel von ihren Fähigkeiten zu halten.

Frederick wußte kaum, was vorging. Er war immer noch fasziniert von Francesca, und dann war er fasziniert von ihrer rundlichen Schwester, die irgendeine unbestimmbare Schreibtätigkeit in einem der hinteren Büros der Filmstudios ausübte, und schließlich zog ihn ihr blonder, schlanker Bruder an, dem Francesca mit allen Mitteln eine Rolle in dem Film beschaffen wollte und der dauernd bei den Aufnahmen in den Ateliers herumhing. Überhaupt herrschte in den Ateliers Familienatmosphäre. Francesca war nur eine von den jungen Italienerinnen, die offiziell ihre Familien verlassen hatten. Alle, die sich etwas darauf zugute hielten, mit der Familie gebrochen zu haben, fanden nichts dabei, ihre Vettern, Brüder und Schwestern in ihr neues Leben einzubeziehen oder zu versuchen, ihnen eine Stellung zu verschaffen.

Frederick merkte zu dieser Zeit noch nicht, wie innig er unter Francescas Händen mit Annabels Image verbunden wurde. Er fand es selbstverständlich, daß er zusammen mit

Annabel fotografiert wurde und daß man sie zusammen interviewte. Schließlich war er auch Schauspieler. Er lachte über die Geschichten in den Zeitschriften und hielt sie für kindisch und mithin für harmlos: ein logischer Irrtum.

Er schlenderte durch die leeren Ateliers der großen Filmstadt am Rand von Rom. Diese Umgebung war verhältnismäßig neu für ihn, er hatte nie in Filmen mitgespielt. Einmal, als er an einer Glastür vorüberkam, sah er einen großen blonden Dichter mit verträumten Augen, den er kürzlich auf einer Party kennengelernt hatte. Der Dichter las etwas von einem Blatt Papier ab. Um ihn herum standen andere Männer, die wie Produktionsassistenten aussahen. Ein Mädchen saß brav an einem Schreibtisch. Des Dichters Lippen bewegten sich lautlos beim Lesen; dann sagte er etwas, was Frederick durch die Tür nicht verstehen konnte. Die Männer fingen auch an zu reden, doch der Dichter, immer noch mit verträumten Augen, hatte einen zerbrechlichen alabasternen Aschenbecher hochgehoben und zertrümmerte ihn auf dem Boden.

Ein Gewedel von beschwichtigenden Händen. Frederick ging weiter.

An einem anderen Tag mußte er durch ein Zimmer gehen, in dem sich zwei Männer aufhielten. Der eine hatte sich lässig auf ein Sofa geflegelt, der andere stand nervös neben ihm und schrie ihn an. Frederick verstand schon genug Italienisch, um der Szene folgen zu können: «Sie nehmen die Sache nicht ernst. Wir sind ernst hier. Sie trinken den ganzen Tag kleine Tassen Tee. Kleine Tassen Tee . . .» Keiner von ihnen nahm auch nur die geringste Notiz von Frederick, als er vorbeiging. Der Mann auf dem Sofa streckte gelangweilt seinen Fuß aus und legte ihn auf einen sich dazu anbietenden Sessel, während der Hysteriker wiederholte: «Kleine Tassen Tee . . .» Als Frederick die Tür erreicht hatte, hörte er den anderen antworten: «Ich bin kein Engländer, ich bin ein Filipino.»

Ein Blick hierhin, einer dorthin, dazu Francesca und überall das Geräusch von aufgeregten italienischen Stimmen, das machte Frederick sogleich Spaß. Freilich wurde er dann innerhalb von ein paar Stunden mißmutig, so als hätte er plötzlich einen Kater. Mürrisch wandte er sich an Annabel und sagte, diese italienische Filmwelt sei eine Welt für Idioten. Wenn er noch länger bliebe, würde er auch noch zum Idioten. Gewöhnlich antwortete sie ihm dann, sie habe genug von ihm.

Doch dann tauchte meist Francesca auf, entweder um mit ihnen zu reden oder um ein Interview zu arrangieren, oder aber mit einem Fotografen, der ein Bild von Annabel auf dem Bett, im Nachthemd, machen sollte, wobei ein Träger herabgerutscht sein und das Haar über die eine Seite ihres Gesichts fallen mußte. Francesca brachte das Bett in Unordnung. Frederick mußte sich in einem eleganten, wollenen Morgenrock auf die Kante setzen, rauchen und lächeln, als habe er eben etwas Schönes erlebt. Oder Francesca ließ sie beide an einem niedrigen Tischchen fotografieren, vor ihnen ein spitzengedecktes Tablett mit dem Nachmittagstee, und die Sonne schien durch das Fenster. Frederick hielt seine Tasse und schien langsam und ernst mit dem Löffel darin zu rühren, während Annabel lieblich, aber nicht lächelnd, die silberne Teekanne mit zierlicher Hand berührte. «Wir müssen beide Seiten eures Lebens zeigen», erklärte Francesca, damit es gar keinen Zweifel gab. Annabel war sich des Aufbaus ihres Images in jeder Phase bewußt. Sie erwartete nicht, daß dieses persönliche Image sich lange im öffentlichen Bewußtsein halten würde, denn sie gedachte andere Rollen als die des unterdrückten Tigers zu spielen, nun, da sie ein etablierter Star geworden war.

Zweimal verschwand Frederick zwei Tage lang mit Billy O'Brien. Francesca war darüber mehr beunruhigt als Annabel, die arbeitete und seine Abwesenheit kaum bemerkte.

Frederick begann einzusehen, daß Francesca niemals mit ihm schlafen würde und auch niemand von ihren Verwandten, denn wie auf Francescas Geheiß wichen sie dieser Frage stets aus und fingen an, von Annabel zu sprechen.

Nachgerade fand sich Frederick tief und mit ernster Anteilnahme in einer Lebensrolle verwurzelt, von der die Massen glaubten, sie sei wirklich: ein kultivierter Mann ohne viel Temperament, gelehrt, sportlich, aristokratisch, und ein väterlicher Sohn der Mutter Erde, Annabels Gatte. Annabel aber wurde als kühl hingestellt und ihm gleichwertig in allen diesen Punkten, nur daß sie eine Tigerfrau war – im Grunde ihres Herzens und ‹im verborgenen Teil ihres Zusammenlebens›. Der Tiger zeigte sich nur in ihren Augen; es war wichtig für ihr Image, daß das Tigerische in der Öffentlichkeit stets gezügelt blieb. Innerhalb von ein paar Wochen war sie in ganz Italien und anderswo bekannt und auch gründlich darauf hingewiesen, darauf angespielt und jedermann eingehämmert worden: Annabel Christopher, der neue Star, der die verliebte Gouvernante spielt, ist im Privatleben, in das niemand Einblick hat, eine reißende Bestie, und ganz besonders im Bett. Mit ihrer harmonischen, konventionellen Erscheinung wurde sie als die ideale Frau für jeden Mann hingestellt. Frederick Christophers Frau wurde sowohl beneidet wie angebetet. Und die mehr bösartigen Leser wiederholten einfach das italienische Sprichwort: «Wenn es nicht wahr ist, so trifft es doch zu.»

Irgendwie hatte jeder das Gefühl, ein typischer Engländer wie Frederick Christopher verberge hinter seiner ausdruckslosen Reserve einen Schmelzofen glühender Sexualität. In allen Artikeln über das Christopher-Image wurde darauf hingewiesen, das sei den Engländern längst bekannt, nur sprächen sie nicht darüber. Später glaubten sogar einige Engländer daran, und gewisse englische Ehefrauen begannen im Bett weit mehr zu rumoren, als es den Wünschen ihrer Männer entsprach, den Möglichkeiten ihres Alters oder überhaupt den jeweilig gegebenen Verhältnissen.

‹Minerva kommt auf Bahnsteig 10 an› wurde abgedreht, aufgeführt und beklatscht. Die Sexbombe Annabel wurde nun für brave englische Zeitschriften fotografiert und im Fernsehen gezeigt, etwa bei den Rennen, in einem sportlichen Mantel und einem braven Hütchen; sie blickte eifrig nur die Pferde an,

während Frederick mit dem Rücken zu ihr in aller Ruhe mit einem anderen ebenso phlegmatischen Mann von der gleichen aufregend heuchlerischen Sorte plauderte. Francescas Arbeit hatte ihre Wirkung nicht verfehlt. Einmal hatte Frederick in einem Interview gesagt: «Nun, wir sind zwölf Jahre verheiratet und vertragen uns; das ist alles.» Das wurde von jedem als typisches Beispiel britischen Understatements ausgelegt, der Annabels dritten Film *‹Die Tiger-Lady›* gesehen oder noch nicht gesehen hatte.

In den Klatschspalten stand, Frederick werde mit Annabel in ihrem nächsten Film eine Hauptrolle spielen.

Er beschloß, Annabel zu verlassen.

Sie fuhren nach Hollywood. Dort sollten Probeaufnahmen von ihm gemacht werden. Unterwegs im Flugzeug, während sie ganz freundlich miteinander redeten, beschloß er wiederum heimlich, sich von ihr zu trennen.

Nach zahllosen Probeaufnahmen bekam er die Rolle doch nicht. Er sei eben kein Filmschauspieler, sagte Annabel. Der Produzent wollte mit Rücksicht auf Annabels Image, aber auch aus anderen Gründen Frieden und erklärte Frederick, er sei ein zu guter Schauspieler für so etwas.

Tatsächlich hätte er die Rolle recht gut spielen können, wäre er nur nicht von dem Gedanken besessen gewesen, gegen seine Ehe zu revoltieren.

Er war nun so an den täglichen Entschluß gewöhnt, seine Ehe zu beenden, das Image zurückzupfeifen, es für null und nichtig zu erklären, daß er nicht einsah, warum er gerade jetzt etwas dazu tun sollte – besonders, weil es als eine Geste der Enttäuschung darüber gedeutet werden würde, daß er die Rolle nicht bekommen hatte. Er gewöhnte sich weiter an den Entschluß, mit Annabel zu brechen und damit zu warten, bis sie diese geschwätzigen Kreise verlassen hatten.

Er wartete auf Annabel, stand wieder in den Studios herum und war immer im Atelier, wenn sie filmte. Sie merkte, daß er von ihr besessen war.

Ein berühmter Schauspieler spielte die Rolle des Liebhabers der Tiger-Lady. Annabel war nun Teil einer Welt, in der es um Oscars und Preise auf den Filmfestivals geht; obwohl sie noch für keine dieser Auszeichnungen vorgeschlagen worden war, nahm man doch an, sie bemühe sich darum.

In der Öffentlichkeit zeigte sie sich nur mit Frederick und trug diskrete, gut und einfach geschnittene Abendkleider mit einer Perlenschnur. Auch diese Perlen wurden berühmt, obwohl es eine ganz gewöhnliche Kette war.

Doch Fredericks Elend begann sich in seinem Gesicht zu spiegeln. Er verbrachte viel Zeit mit der Frau des Regisseurs, einer eleganten Erscheinung aus South Carolina, die weit mehr wie ein Tiger und eine Lady aussah als Annabel, und es überdies auch war. Die Filmgesellschaft war beunruhigt darüber, daß die berühmte Ehe noch vor Anlaufen des neuen Films zerbrechen könnte, und sprach offen mit Annabel darüber. Es sei alles nur eine Sache des Timings, sagte der Sprecher in der vertraulich väterlichen Art des Fachmanns für zeitgerechte Scheidungen berühmter Stars.

Nun begann Annabel sich vor dem Mythos zu fürchten, der so dick um sie herum gesponnen war, und flüchtete sich in echter Panik zu Frederick. Sie fingen wieder an, miteinander zu schlafen, nachdem sie die letzten paar Monate im gegenseitigen Einverständnis und wegen nervöser Erschöpfung getrennt geschlafen hatten.

«Ich habe gesagt», sagte Annabel, «daß wir uns scheiden lassen können, wann immer wir wollen.»

«Verdammt richtig», sagte er, «wenn wir jetzt nicht fest bleiben, dann haben sie uns in der Falle.»

Bald ging das Gerücht, Annabel habe sich entschlossen, ihre Ehe durch ein Baby zu retten. Es wurde überall als ihr Entschluß hingestellt, was Frederick wütend machte. Zweimal machte er ihr Szenen in der Öffentlichkeit. Dann war er wütend über Annabels Aufregung. Eine gute Ehefrau würde ihn besänftigt haben und hätte nicht mit ihm darüber gestritten, was die Leute sagten. Er sagte: «Du denkst immer nur an dein Image.»

«Nein. Ich denke an das Baby», sagte sie. «Ich darf mich in dieser Zeit nicht aufregen.»

«Und das Baby», sagte er, «auch das Baby ist ja nur für dein Image.»

«Was stimmt denn nicht mit meinem Image?» sagte sie. «Es ist ein gutes Image. Ich bin eine treue Ehefrau, keine Hure.»

Der väterliche Vertreter der Studios sagte zu Annabel: «Ihr Mann braucht Hilfe.»

«Wieso?» sagte sie.

«Er sollte zu einem Psychiater gehen.»

«Sagen Sie ihm das selber ins Gesicht, sagen Sie es nicht mir. Sagen Sie es ihm und sehen Sie zu, was dann passiert.»

Sie erzählte Frederick von diesem Gespräch nichts, da sie eine neue Szene fürchtete. Mittlerweile hatte er sich damit beruhigt, daß er immer noch ein Idol der jungen Leute war, die ihn überall umgaben: Kinder der Filmleute und ihre Freunde, die unwichtige Jobs hatten oder nur dekorativ in der Gegend herumstanden.

Der Schreck, der Annabel und Frederick zusammengebracht hatte, dauerte nicht an. Annabel beendete den Film, bevor man ihr ansah, daß sie ein Baby erwartete. Sie kehrten auf der alten Queen Mary nach England zurück, nüchtern wie nach einem Kater.

Als das Baby geboren war, hatte der Christopher-Kult seinen Höhepunkt überschritten, das heißt, das Image war nun fest etabliert. Sie kamen überein, des Kindes wegen zusammenzubleiben. Frederick beschloß im stillen, Annabel in ein paar Monaten zu verlassen, wenn sie nach Italien ging, um einen neuen Film zu drehen. In der Zwischenzeit schrieb er ein Drehbuch für eine englische Gesellschaft; es hätte ein geeigneter Film für Annabel sein können, doch die Gesellschaft besetzte die Rolle mit einer anderen Schauspielerin; Frederick hatte den Verdacht, Annabel habe die Rolle abgelehnt, aber er konnte es nicht beweisen.

Billy O'Brien tauchte hin und wieder bei ihnen auf. Selten kam er, ohne sie anzupumpen. Annabel, die jetzt sehr reich wurde, war gegen solche Pumpereien. Es war die einzige finanzielle Belastung durch Frederick, die sie nicht tolerieren wollte. Er sagte, es sei sein eigenes Geld, das er verleihe, und falls sie vorhabe, alte Freunde wie Billy O'Brien im Stich zu lassen, dann könne sie auch ihn von der Liste streichen.

Sie fand für Billy eine Stellung in Rom, wo er in einem Priesterseminar die Engländer in Stimmbildung unterrichten konnte, denn sie wollte mit ihrem Kleinen nach Rom gehen und Frederick dabei haben. Sie wollte ihr Image nicht gerade jetzt verändern.

Frederick sah ihr zu, wie sie das Baby stillte, und sagte: «Es paßt in dein Image.» Doch es war nicht das Baby, das in das Image paßte, es war das Image, das dem Baby so gut bekam. Sie war verliebt in das Baby und war entschlossen, Frederick in den ersten Lebensjahren des Kindes zu halten; sie war nicht geneigt, sich nach einem neuen Mann umzusehen und einer neuen Art von Filmen, einen neuen Haushalt aufzubauen, ihr erfolgreiches Image gegen ein anderes auszutauschen oder möglicherweise gegen gar kein Image. Noch nicht, dachte sie; noch nicht.

Sie erreichte, daß Frederick Aufträge für Drehbücher in Italien bekam. Sie überredete ihn, dorthin zu ziehen und sich mit ihr mindestens für drei Jahre dort niederzulassen, während sie mit Luigi einige Filme drehte.

Frederick sagte: «Du bist verliebt in ‹V›.»

Sie sagte: «Warum nennst du ihn ‹V›? ‹V› nennen ihn bloß die gräßlichen Leute um ihn herum, die gräßlichen Leute, die Pöstchen für ihre Kinder haben wollen und ein Stückchen aus dem Kapitalkuchen eines Films – Leute wie dieser widerwärtige kleine Alessandro, der ihn mit der Plastik für Hampton Court übers Ohr gehauen hat, als ich die Wiedersehensszene in *‹Minerva›* spielte – nein, ich bin nicht verliebt in Luigi.»

«Was spielt es dann für eine Rolle, wie ich ihn nenne?»

«Ich brauche dich wohl nicht darauf aufmerksam zu machen, daß ich niemandem in meiner Umgebung gestatte, dich ‹Fred› oder ‹Freddie› zu nennen; ich stelle das immer sofort ab.»

«Wenn du es nicht brauchst, warum sagst du es dann?»

Der Umzug der Christophers nach Italien wurde dort mit Beifall begrüßt; Luigi Leopardi wartete darauf, daß Annabel in seinem neuen Film spielte; viele andere Regisseure wollten Drehbücher von Frederick, denn seine Arbeit hatte Hand und Fuß, und er war nicht zu teuer. Tatsächlich waren Fredericks Drehbücher eine Art *Readers Digest*. Er war glücklich mit einer kleinen Italienerin namens Marina, deren Familie auf dem Lande lebte. Marina sah gut aus und war sehr gescheit. Sie hatte in einem Vorort Roms eine moderne Zweizimmerwohnung. Er sah Marina häufig, doch immer heimlich. Sie begriff, welche Bedeutung die Ehe für andere Menschen hatte, ganz zu schweigen von Frederick Christopher, und sie gab sich mit seinen Stippvisiten zufrieden.

Francesca sorgte dafür, daß Annabel und Frederick bei ihren Spaziergängen in Rom fotografiert wurden; sie lehnten an Monumenten, schäkerten vor Brunnen oder waren von ferne durch den dramatischen Rundbogen der Via Giulia zu sehen, auf den farbenfrohen Märkten des Campo dei Fiori oder wie sie am Sonnabend in der Menge die Via dei Coronari hinunterschritten. Man sah sie in der Frühlingsluft auf den Plätzen von Trastevere speisen oder auf der Piazza Navona. Sie besuchten Kirchen, die Gräber der Apostel und Märtyrer, oder sie wurden zusammen auf der Spanischen Treppe fotografiert, das wundervolle Paar, das das Geheimnis der glücklichen Ehe entdeckt hatte. Auf eigenes Betreiben und zu Francescas stolzer Zufriedenheit fand Annabel eine Wohnung und ging daran, sie zu möblieren. Einstweilen bewohnten sie eine Suite in einem Hotel.

Man fotografierte sie in den Läden, wie sie Vorhangstoff

kaufte und eine Waschmaschine. Jeder sagte, diese englischen Tigerinnen verstehen es, ihre Männer zu halten, und das ist auch der Grund, warum die Engländer keine Prostituierten frequentieren und sich keine Mätressen zulegen. Viel fotografiert wurden sie während eines Empfangs beim Papst, Frederick im korrekten Cut, Annabel mit schwarzem Spitzenschleier – und eine halbe Stunde später wurden sie dann beim Verlassen des Vatikans aufgenommen.

Annabel hatte Luigi gesagt, daß die Dienste seiner Pressechefin höchst unwillkommen wären, falls sie versuchte, das Baby in diesen Rummel einzubeziehen. Mithin kamen Fotografen nicht in die Nähe des Babys, höchstens einmal durch Zufall in den Gärten der Villa Borghese. Annabel ließ der Presse durch Francesca ein paar reizende Fotos von dem kleinen Carl übergeben. Annabel hatte sie selbst gemacht.

Sie war nicht verliebt in Luigi Leopardi, aber sie fand ihn verläßlich. Der Unterschied zwischen ihrem Privatleben und ihrem Image interessierte ihn nicht, und er äußerte sich auch nicht zynisch darüber; er erkannte einfach nicht an, daß sich beides nicht deckte. Er sagte: «Was ist denn Persönlichkeit, wenn nicht die Wirkung auf andere? Leben ist nichts weiter als das Zustandebringen einer solchen Wirkung. Nur die Tiere bleiben natürlich.» Er sagte, Persönlichkeit sei etwas anderes als der Charakter einer Person, doch selbst der Charakter könne sich im Laufe der Jahre wandeln, je nach den Gewohnheiten, die jemand habe. «Ich sehe keine Heuchelei darin, daß ihr versucht, dem Bild, das die Öffentlichkeit von euch hat, entsprechend zu leben», sagte er. «Wie sieht denn dieses Bild aus? Ihr seid für sie seit zwölf Jahren verheiratet. Na, und stimmt das etwa nicht?»

«Aber ich bin keine ‹Tiger-Lady›», sagte sie.

«Nein? Komm und lebe ein bißchen mit mir, dann wirst du es bald sein.»

«Das bezweifle ich.»

«Bevor ich dich zur Tiger-Lady gemacht habe, hast du in der Öffentlichkeit nicht einmal wie eine Lady ausgesehen, vom

Tiger privat ganz zu schweigen. Du bist zum Teil das geworden, was ich angefangen habe, aus dir zu machen.»

Bevor sie ihren Fehler bemerkte, hatte sie ihre verschatteten Augen geöffnet, die auf der Leinwand so leuchtend waren, und hatte ganz vergnügt gesagt: «Du, ist das nicht das Thema von ‹Pygmalion›?» Sie sprach eine Kleinigkeit zu früh, weil sie sich erst in diesem Augenblick erinnerte, wie wütend Frederick damals gewesen war, als sie von seinem Drehbuch gesagt hatte: «Es ist ein bißchen wie *‹Die sündigen Engel›*, nicht wahr?» Luigi verteidigte sich bereits – «Dreizehn aufs Dutzend», wie sie später sagte, als sie ihren Lapsus Frederick beschrieb, in dem Bemühen, ihn zu amüsieren, indem sie sich selbst ein bißchen ins Unrecht setzte. Luigi, dreizehn aufs Dutzend, wies die Unterstellung zurück, irgendein Gedanke von ihm sei nicht originell. Dieser Wolkenbruch ging vorüber. Annabel versprach am Ende, in Luigis neuem Film zu spielen, wie sie es ohnehin vorgehabt hatte, doch sie hatte ihre Zusage einige Monate zurückgehalten. Und sie sagte, sie sei zu müde, um mit ihm ins Bett zu gehen. Sie rief im Hotel an, wo ein Kindermädchen auf Zeit das Baby betreute, um zu fragen, wie es dem Kleinen gehe. Sie tat das alle drei Stunden, wo immer sie sich befand.

Der kleine Carl war die einzige Wirklichkeit in ihrem Leben. Seine Existenz gab ihr ein Gefühl der Sicherheit vor aller Welt, das sie nicht mehr gehabt hatte, seit ihre eigene Kindheit vorüber war. Sie war so verliebt in das Baby, daß sie mit ihm kein Theater mit Gegurre und Kindersprache machen wollte, wie es das Kindermädchen tat und die Sekretärinnen, die vom Studio zu ihr kamen. Wenn es um das Baby ging, scheute sie vor jeder Art von Schaustellung zurück, als ob durch die Berührung mit der Öffentlichkeit diese tiefe und vollkommene Zufriedenheit verletzt oder fortgewischt werden könnte.

Luigi bot ihr an, das Bett mit ihm nur zum Schlafen zu teilen, weil sie so müde war. Doch sie verließ seine Wohnung früh und erklärte, sie müsse bei dem Baby sein. Es war immer leicht, Italienern den Vorrang des Babys zu erklären, das nahmen sie alle ohne Fragen hin, gleichgültig, wie viele Kindermädchen und Babysitter man sich leisten konnte. Sie dachte bei sich, vielleicht habe sie deswegen das Kind hierher gebracht; es war so ähnlich, wie wenn man ein Kind im Schilf verbarg.

Annabel war immer noch das unscheinbare junge Ding, aber ihr Gesicht hatte sich wie durch die Arbeit vieler berühmter Kameras in einen Abguß ihres öffentlichen Bildes verwandelt. Sie wirkte distanziert und vornehm. Ihr Lächeln, ehedem rasch und etwas dürftig, hatte nun etwas Zögerndes und Formelles; lebhaft wurde sie neuerdings nur, wenn es an der Zeit war, vor den Kameras den Tiger zu spielen.

Luigi hatte etwas für sie herausgefunden, was sie hatte wissen wollen, nämlich, wer Fredericks Mätresse in Rom war. Ein Mädchen in einem Vorort, ganz arm, eine junge Stenotypistin namens Marina, sehr hübsch. Frederick sah sich sehr vor, um nicht von den Nachbarn gesehen zu werden. Gewöhnlich trug er eine dunkle Brille, und er erschien immer erst, wenn die meisten Menschen im Bett waren. Annabel war erleichtert. Sie hatte gefürchtet, er hätte eine Affäre mit irgendeiner spektakulären Persönlichkeit, einer Prinzessin oder einer Opernsängerin, die leicht ihr gemeinsames Image in einen häßlichen Scherbenhaufen hätte verwandeln können. Annabel wußte sehr wohl, daß dieses Image nicht von Dauer sein konnte, früher oder später würde sie es verlieren – so wie sie annahm, früher oder später werde sie eine richtige Affäre mit Luigi haben. Doch es war notwendig, noch einen Tiger-Lady-Film mehr zu drehen, bevor es in ihrer Ehe zu Taten kommen durfte; danach könnte man vielleicht einen unmerklichen Wechsel riskieren, entweder in ihrem Leben oder in den Augen der Öffentlichkeit. An diesem Punkt war beides unbegreiflich für sie: daß Frederick nicht weiter ihr Mann sein sollte – und ebenso, daß sie weiter zusammen leben könnten wie jetzt, ohne Liebe, sondern nur in gegenseitiger Abhängigkeit. Als sie von einigen Leuten erkannt wurde, lächelte sie langsam und stieg in ihren Wagen. Sie war gelassen und zuversichtlich. Sie hatte sich niemals ihren Problemen ausgeliefert.

Sie hatte sich niemals ihren Problemen ausgeliefert, und darum hatte sie unter ihren Bekannten den Ruf, daß sie ihnen ins Gesicht sah und sie löste.

Sie hatte eine ältere Schwester, die mit einem Geschäftsmann in Kanada verheiratet war. Ihre Mutter war gestorben. Ihr Vater hatte wieder geheiratet. Alte Freunde hatte sie nur sehr wenige; ihr Erfolg hatte plötzlich Distanz geschaffen, bei Wiedersehen hatte es Verlegenheit gegeben wie bei der Rückkehr von einer sehr langen Reise. Doch selbst diese alten Freunde, von denen sie wahrscheinlich keinem in den Filmstudios begegnen würde, schworen, daß Annabel einen fabelhaften Geschäftssinn hatte, daß sie es mit den schwierigsten Problemen aufnahm, ihnen ins Gesicht sah, sie löste. Selbst für sie war sie eine Art Überfrau geworden, eine Art Tiger von Natur. Sie war nicht sicher, ob sie nicht möglicherweise recht hatten, weil sie nicht sicher war, was ein Problem war. Möglicherweise bin ich stark, hatte sie gedacht, als sie es ganz allein geschafft hatte, die Wohnung zu kaufen. Sie sprach ein schlechtes, aber fließendes Italienisch, begleitet von angemessenen Gesten, ganz als ob sie die Rolle einer Italienerin spiele. Ihre Art, sich zu geben und draufloszuplappern, führte dazu, daß sie auch auf italienische Art dachte. Jedenfalls brachte sie es fertig, einen Rechtsanwalt zu finden und die Wohnung zu kaufen, beides zu günstigem Preis, und das war für einen Ausländer ein größerer Sieg, als sie wußte, zumal für einen berühmten Ausländer und noch dazu für eine Frau.

Noch bis vor kurzem war es in ihrer Welt üblich gewesen, daß man sich in praktischen Dingen gegenseitig half, und Frederick und seine Freunde hatten in jedem Fall das Reden besorgt. Jetzt hatte sie meistens bezahlte Helfer für alles Lebensnotwendige. Das war Schicksal, Teil dieser Distanz vom Leben, die sich mit den Nahaufnahmen eingestellt hatte. Nun traf sie ihre Vorkehrungen unter diesem Gesichtspunkt.

Eines Tages, als sie bei einem Interview für eine Frauenzeitschrift gefragt wurde, was Erfolg bedeute, hatte sie geantwortet: «Es bedeutet, daß Ihre Freunde Ihnen keine Seidentücher mehr aus den Ferien mitbringen.»

«Wirklich? Warum nicht?» fragte die Interviewerin und hielt ihren Bleistift wie eine Schnuppernase über das schäbige Notizbuch auf der Sessellehne.

Annabel merkte, daß sie irgendwie eine Erklärung von einigem Gewicht abgegeben hatte, und sagte rasch: «Oh, wahrscheinlich hatten sie meine Adresse nicht, weil ich letzthin so viel herumgereist bin, Hollywood und so weiter.»

«Ich verstehe. Also Sie meinen, jetzt, wo Sie sich hier niedergelassen haben, werden Sie wieder Seidentücher bekommen? Sie haben Seidentücher gern, in bunten Farben? – Kann man sagen, Sie haben eine Sammlung davon? – Verschenken Sie Tücher? – Sind das Ihre Lieblingsseidentücher, die dort drüben? – Trägt Ihr Mann Seidentücher?»

Billy O'Brien hatte in Rom Zugang zu jener internationalen Clique gefunden, die es an jedem Kreuzungspunkt der Welt gibt und deren Mitglieder untereinander durch auswechselbare künstlerische Berufe verbunden sind. In Rom gehörten dazu junge und gealterte Schauspieler-Maler, Maler-Architekten, Architekten-Schriftsteller, Schriftsteller-Gitarristen und andere noch verzwicktere Kombinationen. Die Begabungen an sich waren meist keineswegs dürftig – mit ein wenig Zuversicht, Hoffnung und Selbstvertrauen und bei gegebener Chance oder bei der Fähigkeit, solche Chancen zu suchen und zu ergreifen, hätte jeder dieser vielseitigen Menschen wohl auf jedem Gebiet Gutes leisten können. Aber das alles war leider nicht gegeben, und so vergeudeten sie hier in Rom ihr Talent mit einem gelegentlichen Gedicht, einem Job in einer Kunstgalerie, einer Filmrolle, bei der nicht mehr verlangt wurde, als sechs Stunden lang an einem Caféhaustisch zu sitzen, oder sie halfen einem Freund, der die Miete nicht bezahlen konnte, morgens in aller Frühe beim Auszug, oder sie ließen sich zu einer Reise nach Paris einladen, zu einem Wochenende mit einer Contessa, verdingten sich für eine Woche als Reisebegleiter einer Mutter mit Tochter aus Rhode Island in den Vereinigten Staaten, machten ein Tonband-Interview, eine Collage (Mineralwasserverschlüsse, montiert auf Samt) oder restaurierten ein altes Möbelstück. Unter Billys Bekannten waren auch Kritiker jeder Art und Nationalität, Übersetzer, junge Amerikaner auf Bildungsreise, vier italienische Damen mittleren Alters, die ihre Emanzipation erreicht und hinter sich hatten und die von ihren Familien und italienischen Freunden mit schauderndem Respekt betrachtet wurden – und es gab auch einen Eskimo namens Gigo, der keinen anderen Job hatte als diesen.

Annabel war diesen Leuten sehr kühl begegnet oder hatte sie nur flüchtig kennengelernt; Frederick hatte sie eines Abends – es war kurz nach ihrer Ankunft in Rom – nach dem Essen mit zu einer Party bei Billy O'Brien genommen. Sie saßen dort recht beengt, denn es war eine kleine Wohnung in einer engen Straße des alten Viertels. Die Nachbarn riefen aus den Fenstern nach Ruhe; ein Fenster nach dem anderen war aufgegangen, und die Leute hatten die Köpfe herausgestreckt. Jemand rief Annabel zu: «Hallo, Tiger!» Sie hatte gesagt, sie müsse nach Hause zum Baby, und war fortgelaufen, die dunklen, engen Treppen hinab und durch die düsteren Straßen, bis sie zu einer Hauptstraße kam und endlich ein Taxi fand. Frederick war zwei Nächte lang nicht nach Hause gekommen.

Billy O'Brien jedoch besuchte sie am nächsten Tag und verlangte eine Begründung für ihren plötzlichen Aufbruch. Ihre Filmdirektoren und Agenten und viele ihrer neuen erfolgreichen Schauspielfreunde hatten sie davor gewarnt, sich mit Leuten einzulassen, die klatschten und ihr Image zerstören könnten. Sie hatte das Gefühl, Frederick habe sie mitgenommen, um zu sehen, was sie tun würde. Zu Billy hatte sie bei dieser Gelegenheit gesagt: «Ich mußte zurück zum Kind.» Das war als Grund so wahr wie jeder andere. «Warum bist du dann überhaupt gekommen?» hatte er gefragt. Sie sagte: «Oh, wir wollten nur hereinschauen. Ich wußte nicht, daß es eine Party war.» Sie verabscheute Billy, aber sie konnte nicht mit ihm brechen. Er wußte jetzt mehr über Frederick als sie.

3

Wieder war Frederick verschwunden. Er war seit fünf Tagen und Nächten nicht nach Hause gekommen. Heute abend war es der sechste. Sie war vom Hotel in die Wohnung gezogen, hatte aber eine Nachricht hinterlassen. Er wußte jedenfalls, daß sie das Wochenende allein mit dem Baby in der Wohnung verbringen würde. Es war Freitag vormittag. Der Frühlingssonnenschein lag auf dem Parkettboden. Die meisten Möbel sollten noch geliefert werden. Das englische Kindermädchen und das Hausmädchen aus Sardinien sollten am Montag kommen.

Die Nachbarn waren erschienen und wieder verschwunden, hatten ihre Hilfe angeboten, künftige häusliche Dienste in Aussicht gestellt und ihre künftige tagtägliche Gesellschaft angedroht. Annabels Wohnung lag im ersten Stock eines Palazzo aus dem 16. Jahrhundert. Die Mieter waren eine gemischte Gesellschaft – sehr Reiche und vergleichsweise Reiche, sehr Arme und vergleichsweise Arme. Die seit langem hier lebenden Bewohner waren wirklich arm, sie lebten mit ihren Familien und Verwandten in einigen der Wohnungen und zahlten den alten Mietpreis. Später waren bebrillte Rechtsanwälte eingezogen oder Amerikaner, die die großen Räume aus dem 16. Jahrhundert prachtvoll restauriert und mit Zentralheizung und Klimaanlage versehen hatten. Die Aussicht aus Annabels Wohnung war vielfältig und großartig. Annabel wußte noch nicht genau Bescheid über die jeweilige Bedeutung und das Alter der Gebäude, die sie von ihren Fenstern aus sah, doch sie sagte oft: «Ich spüre die Atmosphäre.» Sie kannte recht gut Sankt Peter und die Engelsburg. Sie besaß einen Führer, der ihr allerdings wenig von der Atmosphäre zu vermitteln schien, und auch er bezeichnete keineswegs jeden Turm und jeden Brunnen, jede Kirche, jede Säule, jeden Palast, die jenseits der Piazza zu sehen waren – oder auf der anderen Seite der Wohnung, wo die Fenster auf kleine Balkons gingen und von wo aus man durch die Zwischenräume der Häuser enge Straßen sehen konnte, die in andere enge Straßen mündeten: die Gehirnwindungen der Geschichte.

Die Wohnung war leer und wartete auf das Mobiliar. Das Baby lag, weich in Kissen gebettet, auf dem Boden.

Billy O'Brien war eingedrungen wie ein Luftzug. Frederick hatte ihm offenbar den Schlüssel gegeben. Sein Erscheinen in der Wohnung regte sie auf, doch sie wollte etwas über Frederick hören. Sie sah das Baby auf dem Fußboden an. Es schlief. Sie sagte: «Weck Carl nicht auf. Komm mit in die Küche.» Die meisten Küchenmöbel waren schon aufgestellt worden.

Billy stapfte hinter ihr her, als hätte er ein Recht, das Baby aufzuwecken, und mehr Recht, hier zu sein, als sie. Er sagte: «Ich möchte gern Speck und Eier. Hast du Speck und Eier?» Sie wollte schon vorschlagen, ein Restaurant anzurufen und Essen kommen zu lassen, doch es lag ihr daran, Billy zu versöhnen, in der Hoffnung, von ihm etwas über Frederick zu hören. Ihr Drehbuch lag auf einem der Küchentische, das neue Drehbuch. Billy nahm es in die Hand und fing, an den Kühlschrank gelehnt, an, darin zu lesen, während sie ihm Speck und Eier briet. Sie war wütend. Sie sagte: «Ich habe gerade meine Rolle gelernt.»

Er lachte laut auf, ohne das näher zu begründen, und las dann mit seinen farblosen Augen weiter in dem Drehbuch herum. Mit seiner großen, sommersprossigen Hand blätterte er die Seiten um.

Sie fragte: «Wo ist Frederick?»

Er sagte: «‹*Die Wendeltreppe*› – ist das der Titel deines nächsten Films?»

Sie sagte: «Nein. Das ist bloß der Arbeitstitel.»

Er setzte sich an den Tisch, auf den sie ein rostfreies, nur für den Übergang gedachtes Besteck gelegt hatte, und legte das Drehbuch neben sich. Sie sagte: «Das Drehbuch ist streng geheim bis zur Premiere.»

Er lachte wieder und sagte: «Was haben Sie über Frederick gesagt, Madame?»

Sie antwortete nicht. Sie legte vier Scheiben Speck und zwei Eier auf einen Teller und stellte ihn vor ihn hin. Sie nahm einen Laib Brot, knallte ihn auf den Tisch und schob ihn ihm zu. Sie sagte: «Du machst mich krank.»

Er sagte: «Wieso?»

Da lachte sie.

Er legte das vom Speck verschmierte Messer auf das Drehbuch. Sie nahm es auf und sah, daß er einen Fettfleck gemacht hatte.

«Sieh dir an, was du gemacht hast!»

«Das macht doch nichts.»

Das stimmte zwar. Aber der Gedanke, daß Billy das Drehbuch beschmiert hatte, machte ihr schon etwas aus.

Billy aß, als ob er hungrig sei. Sie beobachtete ihn abwesend und voller Widerwillen, denn jetzt wollte sie endlich etwas von Frederick hören. Sie war wütend, daß dieser Mensch als einziger etwas von ihm wußte, wo doch alle Welt annahm, daß sie einen reizenden Gatten habe, der über Tag seiner Arbeit nachging und abends heimkam, um sie auf großartige Gesellschaften und in die Oper zu führen, und der schließlich mit ihr, dem unwiderstehlichen Tiger, zu Bett ging.

Billy schnitt sich eine weitere Scheibe Brot ab und wischte seinen Teller damit aus. «Ich habe immer noch Hunger», sagte er. Ihr war nicht klar, was er mit Hunger meinte, da sie nur unbestimmt sein gieriges Schlingen wahrgenommen hatte. Sie brachte aus einer braunen Papiertüte Obst zum Vorschein. Er aß eine Banane und dann noch eine. Er sagte: «Angenommen, Frederick kommt nicht wieder nach Hause?»

Vor dieser Annahme hatte sie sich immer gefürchtet, aber auch davor, daß er wieder nach Hause käme. Sie hätte am liebsten das einsame Glück dieses Vormittags, bevor Billy gekommen war, für immer genossen, mit dem Baby, das auf dem Fußboden schlief, und mit keinen anderen Aufgaben, als auf die Möbel zu warten, das Baby zu füttern und trockenzulegen, das Baby zu baden, das Baby zu füttern, ihre Rolle zu lernen und Tag für Tag bis in den Morgen hinein zu schlafen. Nur die Umstände und ihre schwachen Nerven, ihr Image und der Film waren der Grund, daß sie Frederick brauchte. Sie sagte laut und fest, zu sich selber ebenso wie zu Billy: «Es ist mir gleich, ob er mich verläßt oder nicht. Ich will es nur wissen.»

«Angenommen», sagte Billy, der sich ein Brot dick mit Apfelscheiben belegt hatte und nun hineinbiß, «er stürzt sich aus dem Fenster?»

«Was?»

«Begeht Selbstmord. Ich sage ja nur: angenommen. Er könnte sich doch aus dem Fenster stürzen.»

«Hat er davon gesprochen.»

«Ja.»

Frederick hatte dies und ähnliches ihr gegenüber viele Male geäußert. Sie hatte es im selben Moment, wo er es gesagt hatte, vergessen. Sie hatte es vergessen, wie man einen bösen Traum vergißt, wenn man es irgend fertigbringt – nicht immer weigert sich der Traum, zu verschwinden. Jetzt erinnerte sie sich an Fredericks Ausspruch: «Vielleicht stürze ich mich aus dem Fenster und mache Schluß.»

Sie hatte nie darauf geantwortet. Die Worte hatten sie erschreckt, und dann hatte sie sie vergessen.

Sie sagte: «Er meint es nicht im Ernst. Das tun sie nie.»

«Tun sie nie?» sagte Billy.

«Hast du Frederick gesehen? Was hat er gesagt? Wo ist er?»

«Er hat gesagt, ich soll dir bestellen, er käme heute abend um sieben. Zwischen sechs und sieben. Irgend so etwas.»

Sie gab ihm Geld, und er ging. Er trampelte durch das große, leere Wohnzimmer. Das Baby lag wach in den Kissen und folgte mit runden Augen seinen Beinen. Als Annabel mit Billy zur Wohnungstür kam, sagte sie: «Hast du einen Schlüssel zu dieser Tür?»

Er sagte: «Ja. Frederick hat mir seinen gegeben, für den Fall, daß du nicht da wärst. Ich war hungrig.»

«Ich dachte mir schon, daß du so hereingekommen bist. Warum hast du dir nicht von ihm Geld geliehen?»

«Er hatte kein Bargeld bei sich.»

Als Billy gegangen war, legte sie die Kette vor die Tür und schob den Riegel vor.

Sie wusch rasch ab, um jedes Zeichen von Billys Anwesenheit zu beseitigen.

Sie füllte die Babywanne und badete den Kleinen, ohne auf sein Quieken zu achten. Dann kochte sie ihm sein Zweiminuten-Ei und fütterte ihn mit der Hälfte davon. Sie machte die Milchnahrung in der Flasche fertig, setzte sich in die Küche und fütterte langsam das Baby. Es sah glücklich aus und verlor jedes Interesse an der Flasche, als es sie zu zwei Dritteln geleert hatte. Sie legte es in den Kissen wieder zum Schlafen hin und zog sich den Sessel heran, um es im Blickfeld zu haben, während das Baby staunend ein Band von seinem Jäckchen betrachtete, das es mit Daumen und Zeigefinger hochhob. Es schielte nach dem Band, das schließlich aus seinen Fingerchen glitt, und seine Augen schlossen sich schläfrig.

Sie hatte in ihrem Drehbuch gelesen, als es gegen sieben Uhr an der Tür klingelte. Sie war sicher, daß es Frederick war. Das Haar hing ihr nach Tagesmode lang und strähnig über die Schultern herab, und sie warf es mit einer Kopfbewegung zurück, als sie zur Tür ging. Drei Leute standen draußen, nein, vier. Ein paar andere kamen die Treppe herauf.

Sie gehörten zweifellos zu der Clique, die sie neulich bei Billy getroffen hatte, und wenn sie nicht dazugehörten, sahen sie doch so aus. Sie wartete darauf, daß einer zu reden anfing.

Ein Mädchen fragte: «Ist hier die Party?» Und hinter ihr sagte auf italienisch eine dünne grauhaarige Frau in einem langen, enganliegenden schwarzen Kleid: «Ja, hier ist es – erkennst du den kleinen Tiger nicht?» Der Lärm von noch mehr Leuten, die unten die Vorhalle betraten, schallte die steinernen Stufen herauf.

Annabel sagte zu der Gruppe, die vor ihr stand und eintreten wollte: «Nein, hier ist es nicht. Wollen Sie vielleicht zu den Ketners?» Die Ketners waren eine amerikanische Familie, die im obersten Stockwerk wohnte. Man gelangte zu ihnen mit einem Lift auf der Rückseite des Gebäudes, wohin Annabel nun wies. Sie war sicher, diese Leute wollten zu den Ketners, die sie flüchtig kannte; die Nachbarn hatten ihr erzählt, daß sie viele Parties gaben. Annabel war irgendwie überrascht, daß gerade diese Clique zu dem Bekanntenkreis der Ketners gehörte, doch sie zeigte eifrig auf den Lift und erklärte über das Stimmengewirr hinweg, daß die Ketners im obersten Stock wohnten.

Aber nein, sie wollten nicht zu den Ketners. Sie waren zu ihr gekommen. «Frederick hat gesagt, um sieben. Eine Party zum Einzug, Signora, Ihr Mann hat uns eingeladen – ist er nicht zu Hause?» – «Oh, dann komen Sie doch herein, kommen Sie», sagte Annabel. Sie machte Platz und ließ sie eintreten, ungefähr fünfzehn Personen. Weitere schienen noch heraufzukommen. Annabel sagte zu der Frau in Schwarz: «Er muß es als Überraschung für mich gedacht haben. Wir sind eigentlich noch nicht darauf eingerichtet, die Möbel fehlen noch. Ich habe nur ein paar Sachen für mich und das Baby.» Sie zogen ihre Mäntel und Überjacken aus und stapelten sie in einer Ecke der Diele. Es war ihr inzwischen gelungen, sich so weit zusammenzunehmen, daß sie allem mit einem Lächeln begegnen konnte, und sie wollte schon die Wohnungstür zumachen, da sagte die Frau in Schwarz: «Nein, warten Sie – die anderen kommen auch noch. Die Getränke sind unten im Wagen.»

Annabel ließ die Frau an der Tür stehen und wandte sich den anderen zu, die ihre Mäntel abgelegt hatten und nun durch die offene Flügeltür in das Wohnzimmer strebten. «Bitte seien Sie leise – wecken Sie das Baby nicht auf. Der Kleine schläft.» Sie knipste eine Taschenlampe an, denn durch die Fenster fiel nur noch schwaches Licht.

Das Baby war aufgewacht, aber nicht aufgeschreckt. Es blickte sie an, rülpste ein wenig und sah dann zur bemalten Decke hinauf: blau, rosa und golden, Triumphwagen, Pferde und Engel. Ein paar der Gäste waren zu der Stelle gekommen, wo es lag, sagten Freundlichkeiten, drängten sich näher heran, um es besser zu sehen, und erkundigten sich nach Namen und Alter. Doch eine andere Gruppe stand am Fenster und wartete, daß die Party anfinge, während wieder andere in andere Räume der Wohnung gegangen waren. Als Annabel das Bündel von Baby und Kissen hochhob, um es in das kleine Schlafzimmer zu tragen, wo sie auch für sich ein provisorisches Bett aufgestellt hatte, hörte sie, wie in der Küche Eis zerkleinert wurde, und Stimmen, noch mehr Stimmen an der Wohnungstür.

Sie taten so, als seien sie hier zu Hause.

Als sie das Baby durch den Gang trug, sah sie den jungen Eskimo, der auf der Party gewesen war, von der sie sich in die Nacht hinausgeflüchtet hatte; dann erkannte sie noch andere Gesichter und wußte nun, es war im großen und ganzen dieselbe Clique.

Als sie das Baby versorgt hatte, sah sie sich um, ob Frederick gekommen war. Sie sagte zu einem Mann: «Haben Sie meinen Mann gesehen? Er wird bald hier sein. Er muß sich verspätet haben.» Der Mann lächelte auf merkwürdige Art weiter. In der Annahme, daß er kein Englisch sprach, wiederholte sie ihre Frage auf italienisch und gab sich Mühe, sie nicht wie eine Frage klingen zu lassen. Diese Leute durften nicht wissen, daß sie keine Ahnung hatte, wo Frederick gewesen war, und daß sie voller Sorge auf seine Rückkehr wartete. Aber der Mann lächelte weiter. Es war nur der Mund, der lächelte, und sie sah, wie der Mann die Hand vor den Mund hob, als wolle er dem Lächeln Einhalt gebieten und seine Gesichtsmuskeln straffen. Da bemerkte sie, daß der Mann in einem Rauschzustand war. Sie sah sich um, um festzustellen, wie viele sonst noch frisch von einer Rauschgiftparty gekommen waren. Die Frau in Schwarz suchte eine Steckdose; sie hielt die lange Schnur eines elektrischen Plattenspielers in der Hand, den jemand mitgebracht hatte. Als sie sich hinkniete, um den Apparat anzustellen, blickte sie zu Annabel auf und sagte: «Ihr Mann hat an alles gedacht.»

Es war hinterher unmöglich zu erklären, warum sie sie nicht alle hinausgeworfen hatte. Sie wußte selbst nicht, wie es hatte geschehen können, daß sie über das Ganze die Kontrolle verloren hatte.

«Du hättest mich anrufen sollen», sagte Luigi später. «Ich wäre gekommen und hätte sie schon hinausbefördert.»

«Du warst auf dem Land, oder nicht?» sagte sie. An den Freitagabenden widmete sich Luigi gewöhnlich seiner Familie in der Nähe von Rom.

Er sagte: «Du hättest mich da draußen anrufen können. Jeder tut das. Meine Frau ist eine deiner Verehrerinnen.»

«Es war ein Albtraum», sagte sie, obwohl sie wußte, daß es schlimmer war als ein Albtraum, weil es Wirklichkeit gewesen war, der eine schlimmere und bösere Wirklichkeit folgen sollte, bis dieser Abend mit einem dumpfen Aufschlag auf dem Grund ihrer Seele ein Ende fand. Sie sagte: «Ich mußte doch den Schein der Höflichkeit wahren und durfte nicht den Kopf verlieren.»

Sie war nun völlig unsicher über gewisse Einzelheiten. Als sie anfingen zu tanzen, sah sie unter den jüngeren und linkischeren der kreischenden Besucher eine Frau mittleren Alters sich winden. Sie sah der anderen in Schwarz, die als erste an der Tür gewesen war, sehr ähnlich, nur daß sie dünnes, kurz geschnittenes graues Haar hatte und ihr runzeliges Gesicht ungeschminkt war. Annabel war hinterher nicht mehr sicher, ob diese Frau, die ihren Leib so ungehörig an den ihres jungen Tänzers preßte, wirklich oder nur in ihrer Einbildung dagewesen war. Das schrecklichste an ihr, was aber niemand zu bemerken schien, war ihr Kleid. Es war in einem jener wenigen Jahre, in denen Ausschnittkleider in Mode waren, und diese Ausschnitte waren üblicherweise in der Bauchgegend oder seitlich angebracht, oder sie entblößten die Haut von der Achselhöhle bis zur Taille. Die Frau, die Annabel sah oder zu sehen glaubte, trug ein hautenges graues Kleid mit einem verschwommenen Muster, das vorn einen diamantgesäumten Ausschnitt hatte, der von der Taille bis zu den Schenkeln reichte; es war einfach obszön.

Annabels Kopf wirbelte, doch durch Willenskraft und dank beruflicher Übung überwand sie das Schwindelgefühl. Sie ging in das kleine Zimmer, um nach Carl zu sehen. Er schlief ruhig, das eine Fäustchen neben seinem Kopf, als ob er salutiere. Dann ging sie in die Küche, die von Leuten überfüllt war. Sie sah sich nach einer großen jungen Amerikanerin um, die sie hatte kommen sehen und von der sie annahm, daß man mit ihr ein vernünftiges Wort wechseln könne. Sie brauchte eine vernünftige Auskunft, und außerdem wollte sie diese Leute so rasch und endgültig hinauswerfen, wie ihr Image es nur erlaubte. Sie wußte aus Erfahrung, wie gefährlich ihr diese Leute später mit ihrem Gerede und eventuell durch die Presse gehenden Klatsch über eine Orgie beim Lady-Tiger werden konnten. Das große Mädchen war offensichtlich verschwunden. Die von Frederick bestellten Flaschenbatterien in der Küche waren noch kaum in Angriff genommen. Sie hatte zu ihrer Erleichterung festgestellt, daß unter den Gästen verhältnismäßig wenig Rauschgiftsüchtige waren; die meisten würden also wohl eher dem Alkohol zusprechen; sie wollte, daß der Alkohol rasch zu Ende ging. Es war jetzt nach acht. Wenn kein Alkohol mehr da war, so nahm sie an, würde sich die Party schon auflösen.

Als ob sie ihren Gastgeberpflichten in einem anderen Teil der Wohnung nachkommen wollte, nahm sie vom Küchentisch eine noch ungeöffnete Flasche Wodka und versteckte sie zuerst in einem der eingebauten Schränke des Ankleideraumes hinter ihrem zukünftigen Schlafzimmer. Dann fiel ihr ein, während sie verzweifelt alle Möglichkeiten dieses Abends erwog, daß, sobald der Nachschub aus der Küche versiegte, wahrscheinlich jeder Tropfen Alkohol im Haus aufgespürt werden würde. Deshalb ging sie in das angrenzende Badezimmer und leerte die Flasche in die Toilette. Dann ging sie durch den Gang zurück und sah noch einmal nach dem Baby.

Mit vier Flaschen Schnaps wurde sie auf diese Art fertig. Beim viertenmal mußte sie in ein anderes der drei Badezimmer gehen. Dort lag das große Mädchen schlafend auf dem Boden und war nicht aufzuwecken. Sie ließ es liegen, und über den Aufregungen der Nacht vergaß sie das Mädchen völlig. Es wurde dann spät am nächsten Nachmittag, noch immer bewußtlos, entdeckt und in einem Krankenwagen weggefahren.

Schließlich fand Annabel die Frau in dem langen schwarzen Kleid, die jetzt gerade eine neue Platte auflegte, und sagte: «Sind Sie sicher, daß mein Mann gesagt hat, er käme gleich? Ich mache mir wirklich Sorgen. Er müßte längst hier sein. Ich hoffe, es ist nichts passiert. Wo haben Sie ihn gesehen?»

«Nein, Signora Annabel, er hat nicht gesagt, er würde bald kommen. Er hat nur gesagt, er würde hier sein. Und er hat gesagt, wir sollten alle um sieben kommen.»

«Wo haben Sie ihn gesehen?»

«Auf der Via Veneto, glaube ich. Ich weiß es nicht mehr. Ich kann mich nicht erinnern.» Sie lächelte vorwurfsvoll, entschuldigend und verschwörerisch, alles zugleich – eine Mischung von Lächeln, die Annabel rasend machte. Sie ging, um nach dem Baby zu sehen. Auf dem Weg hörte sie einen Schlüssel im

Schloß. Das mußte Frederick sein. Sie gedachte ihm zuzuzischen, er solle diese Tramps und schwulen Lümmel sofort hinauswerfen, sofort. Doch es war Billy O'Brien, der Fredericks Schlüssel benutzte. Er brachte einen Journalisten mit, einen schlaksigen, blonden Deutschen, den Annabel kannte und irgendwie fürchtete. Er versorgte verschiedene boshafte Klatschspalten mit Stoff und schrieb selbst eine etwas gemäßigtere. Annabel hatte seinen Namen vergessen. Billy stellte ihn sogleich als Kurt vor und sagte: «Wo ist Frederick?»

«O Billy, ich weiß es nicht. Er ist nicht hier. Er muß irgendwo aufgehalten worden sein. Um Himmels willen, hilf mir, diese Leute loszuwerden.»

«Mögen Sie sie denn nicht? Was haben sie Ihnen getan?» fragte Kurt und spähte, hoch aufgereckt, über andere Köpfe hinweg ins Wohnzimmer. «Sie amüsieren sich doch gut.»

«Ich war nicht darauf gefaßt», sagte sie, «das ist alles. Wissen Sie, ich habe noch keine Kinderschwester für mein Baby und muß selber für es sorgen. Und außerdem muß ich meine Rolle für den neuen Film lernen. Und dann, für gewöhnlich, gebe ich überhaupt nicht solche Parties, ich . . .» Sie stockte, als sie merkte, daß Kurt sie zynisch anstarrte. Sie merkte, sie hatte zu viele Entschuldigungen für ihren Wunsch, diese Leute loszuwerden, vorgebracht. Eine alte, berühmte Schauspielerin hatte ihr einmal den Rat gegeben: «Wenn du dich entschuldigen mußt, dann nur einmal. Jedes weitere Wort ist von Übel. Am besten gar keine Entschuldigung. Es ist immer dumm, sich zu entschuldigen und Gründe zu nennen. Versuche nie, dich anderen zu erklären, das führt nur zu Mißverständnissen. Meide die Psychiater.» Annabel hatte sich jedes Wort gemerkt, doch manchmal vergaß sie, danach zu handeln. Nun war sie dabei, sich mit Worten und Sätzen festzufahren, die bei dem Journalisten den Eindruck hervorrufen konnten, als sei sie eine unerschütterliche Gastgeberin voll warmherziger Sympathie für diese ungepflegten Rüpel, die bereits mehrere Gläser zerbrochen und den Fußboden mit Splittern übersät hatten, und als hieße sie auch ihn willkommen. In einer letzten Anstrengung sagte sie: «Ich fürchte, die Nachbarn zu stören, ein paar von ihnen sind sehr arm und gehen früh zu Bett. Was möchten Sie trinken?»

Aber er hörte ihr schon gar nicht mehr zu und sah sich im Zimmer um. Billy drückte ihm ein Glas in die Hand. Er achtete nicht darauf, wer das tat, nahm das Glas nur und fuhr fort, die Tänzer zu beäugen. Er hat die Frau in diesem Kleid gesehen, dachte Annabel. In meinem Haus. Sie sah sich nach der Frau um, konnte sie aber nicht entdecken.

Sie ging, um nach dem Baby zu sehen. Der Kleine hatte sich im Schlaf umgedreht und regte sich jetzt und schrie ein wenig. Sie beruhigte ihn und legte ihre Hand leicht auf das Kissenbündel, bis er wieder eingeschlafen war. Es war kurz vor neun. Um zehn Uhr würde sie das Baby trockenlegen und füttern müssen. Eine Straßenlaterne warf schwaches Licht in das Zimmer, und jetzt sah sie, daß jemand hier gewesen war. Zwischen dem Baby und der Wickelkommode lag eine Brandyflasche. Annabel schnupperte. Es roch nur nach Brandy. Aber nun bekam sie es mit der Angst: wie leicht konnte irgendein Rauschgiftsüchtiger hereinkommen und in ihrer Abwesenheit dem Baby etwas antun. Sie legte sich für zehn Minuten auf das schmale Bett und ließ die nächtlichen Geräusche über sich hinwegbranden. Sie dachte an alle möglicherweise erreichbaren Freunde, die sie um Hilfe bitten könnte, doch unter ihnen war keiner, bei dem sie sich darauf verlassen konnte, daß er nicht hinterher wilde Geschichten über diese Party erzählte. Sie wollte, aus Sorge, ihn zu belästigen, Luigi nicht auf dem Land anrufen. Sie sehnte sich nach Golly Mackintosh, die in Paris war. Dann hörte sie, daß Billy nach ihr rief. Sie ging nicht sogleich zu ihm, sondern rief erst den Arzt an, der in den letzten zwei Monaten Frederick bei einer Grippe und das Baby bei einer Magengeschichte behandelt hatte. Seine Frau antwortete in ihren warmen deutschen Kehltönen: «Es tut mir leid, Dr. Tommasi ist wegen eines dringenden Notfalls unterwegs. In den

Katakomben von San Giovanni hat es einen Unfall gegeben, und er wurde vor mehr als einer Stunde ins Krankenhaus gerufen. Er wird wahrscheinlich bald wieder zu Hause sein, Mrs. Christopher. Soll er Sie anrufen, sobald er da ist?»

«Nein, es ist nicht so wichtig – oder doch, vielleicht könnte er anrufen. Tut mir leid, daß ich . . .»

«Geht es dem Baby schlecht? Oder Ihrem Mann? Fehlt Ihnen selber etwas?»

«Nein, es ist alles in Ordnung. Ich wollte nur einen Rat von ihm. Wirklich, es ist nicht wichtig.»

«Er wird Sie anrufen. Achten Sie auf sich, Mrs. Christopher, Sie arbeiten zu intensiv in Ihrem wundervollen Beruf. Ich weiß, das tun Sie.»

Schließlich war es Billy, der mit ihnen fertig wurde. Er sagte, er hätte Frederick etwa um sechs getroffen. Frederick sei sehr in Eile gewesen wegen einer Sache, die er habe erledigen müssen, aber er habe ihm von der Party erzählt und gesagt, sie würden sich dort treffen. «Keine Sorge», sagte Billy, «er ist irgendwo aufgehalten worden. Du weißt ja, er muß dieses neue Drehbuch überarbeiten, und der Regisseur wohnt in irgendeinem Vorort. Und wie man dabei ins Reden kommt, weißt du auch.»

In einem Vorort, dachte sie, bei dieser traurigen kleinen Nutte. Das muß aufhören, dachte sie. Ich muß mit jemandem verheiratet sein, der es auch wert ist, daß man sich Sorgen um ihn macht.

Billy schaffte es, fast alles Trinkbare zu verstecken, bevor er den Stecker des Plattenspielers herauszog. Dann sagte er in die plötzliche Stille hinein: «Wir müssen jetzt gehen. Auf, alle miteinander. Annabel muß sich um ihr Baby kümmern.»

Innerhalb der nächsten Viertelstunde waren die meisten gegangen, und nach einer halben Stunde waren alle fort – außer Billy, dem Journalisten und einer kleinen, nüchternen, drahtigen Italienerin, die sich an den Journalisten gehängt hatte in dieser oder jener Hoffnung, und, obwohl das kaum zählte, dem vergessenen Mädchen auf dem Fußboden im Badezimmer, das die Handvoll Barbiturate ausschlief, die es genommen hatte, und das wie durch ein Wunder am folgenden Abend im Krankenhaus aus der Bewußtlosigkeit erwachte.

Billy unterhielt sich mit dem Journalisten Kurt, das Mädchen stand aufmerksam dabei. Das in der Wohnung herrschende Chaos war nun deutlich sichtbar. Es war ein einziges Chaos. Die neuen Tapeten waren nicht mehr neu. Das Baby gab kleine Töne von sich, das übliche Vorspiel vor einem großen Geschrei. Annabel verschaffte sich in der Küche ein wenig Platz und bereitete die Flaschennahrung vor. Irgend jemand hatte sich in den Ausguß übergeben. Sie legte das Baby trocken, das jetzt seinen Ärger hinausschrie, seinen Zorn und alles, was es sonst noch für Synonyme dafür geben mochte, und nur gelegentlich innehielt, um Atem zu holen und noch lauter zu schreien. Sie schob ihm den Sauger in den Mund, und mit einem letzten Grunzen beendete es seine künstlerische Darbietung: es nuckelte und vergab. Als Annabel es wieder schlafen gelegt hatte, standen die drei immer noch herum. «Sollen wir dir etwas zu essen heraufschicken lassen?» fragte Billy. «Wir gehen jetzt essen.»

«Ich bin wirklich nicht hungrig.» Sie sah sich um. «Was für ein Schweinestall.»

«Vielen Dank», sagte der Journalist Kurt und verabschiedete sich mit einer Verbeugung.

Billy sagte: «Ich komme morgen früh vorbei und helfe dir und Frederick beim Saubermachen.»

«Ich finde schon eine Hilfe, jemand von den Nachbarn. Sie haben es mir wiederholt angeboten.»

«Trauen Sie keinem von ihnen», sagte Kurt.

«Oh, sie sind alle sehr freundlich», sagte sie so leichthin, als spiele sie eine ihrer besten Rollen.

Das Mädchen verabschiedete sich langatmig und formell, als ob es auf einem Bankett gewesen wäre.

Dann waren sie fort. Sie machte in der Diele das Licht aus. Sie hatte sich noch keine Sekunde lang von der Tür abgewandt, als es wieder klingelte. Sie war sicher, das mußte Frederick sein, und Zorn überfiel sie. Sie ging nicht sofort zur Tür, sondern wartete auf ein zweites Klingeln. Statt dessen wurde die Tür mit einem Schlüssel geöffnet; Billy öffnete sie, nicht um in die Wohnung zurückzukommen, sondern um einige Personen eintreten zu lassen, die gerade die Treppe heraufgekommen waren, als er mit seinen Freunden die Wohnung verließ. Er sah, daß sie vor Annabels Tür stehenblieben, und hielt es für das einfachste, sie einzulassen. Er rief: «Hier kommen noch Gäste, Annabel.»

O Gott, dachte sie – nein! Sie war nahe daran, Billy und alle Welt zu zerfleischen, und fast soweit, sich nicht mehr zusammenzunehmen, sondern alle anzuschreien und zu beschimpfen, ohne jede Rücksicht auf ihr Image oder irgendein Image. Sie sagte: «Oh, guten Abend – es tut mir leid, alle sind schon gegangen.» Aber ihr Arm begleitete diese Worte mit keiner Geste – weder ergriff sie eine Hand, noch machte sie das Licht in der Diele wieder an. Billy hatte sich davongemacht. Die neuen Leute kamen herein, und der Mann nahm seinen Schal ab, was völlig sinnlos wirkte. Die Frau schloß die Tür hinter sich, bevor Annabel es tun konnte.

Dann erst nahm sie wahr, wer diese große Gestalt in der halb dunklen Diele war: Dr. Tommasi. Hinter ihm stand eine weitere dickliche Gestalt und eine dritte, jugendliche. Er hatte trotz der späten Stunde seine Frau und seine kleine Tochter mitgebracht. Sie war plötzlich verwirrt und trat ihnen mit unsicherer Höflichkeit entgegen. «Wie nett von Ihnen, noch zu kommen. Aber das wollte ich wirklich nicht.» Sie machte das Licht in der Diele an.

Der Doktor drehte immer noch verlegen seinen Seidenschal in den Händen; hilflos sah er sich nach einer Gelegenheit um, ihn aufzuhängen, so als verwirre ihn etwas, als bilde er sich ein, in einem anderen Haus oder in seinem eigenen zu sein, wo ein

Kleiderständer in der Diele stand. Als er umherblickte, streckte seine Frau die Hand nach dem Schal aus. «Ich wollte ihn – Sie beide – wirklich nicht hierherbemühen», sagte Annabel zu der Frau, die sie mit flehenden Augen ansah.

«Es ist wegen Ihrem Mann», sagte der Doktor.

«Natürlich», sagte Annabel. «Er hat diese Party geplant – hat er Sie auch eingeladen? Es tut mir leid, die anderen sind alle schon gegangen. Aber kommen Sie bitte herein. Es tut mir leid, Frederick ist gerade nicht da, und in der Wohnung herrscht, wie Sie sehen, ein schreckliches Durcheinander. Was möchten Sie trinken?»

«Ich gehe mal eben mit dem Kind . . .» sagte die Frau des Doktors. «Wo ist bitte die Toilette, liebe Mrs. Christopher?»

Das Kind sah eigentlich zu groß dafür aus, daß man es noch begleitete, doch es nahm die Hand seiner Mutter, und Annabel zeigte ihnen das Bad neben ihrem Schlafzimmer. «Ich glaube nicht, daß jemand von unseren Gästen hier drin war. Ich fürchte, überall sonst sieht es nicht gerade einladend aus. Es waren ziemliche Bohemiens.»

Sie fand Dr. Tommasi im Wohnzimmer. Er blickte zu Boden, aber er sah ihn nicht. Er sagte: «Wir mußten unsere Tochter mitbringen, weil wir niemanden hatten, der auf sie aufpaßt.»

«Sehr schön», sagte sie, «und was . . .»

«Ich spreche jetzt von Frederick», sagte er. «Ihr Mann . . .»

«Wo haben Sie ihn getroffen? Er hat sich seit Tagen nicht mehr sehen lassen, und ich hatte angenommen, er käme heute abend. Er hatte eine Menge Leute hierherbestellt, schreckliche Leute, doch er selber kam nicht. Natürlich wollte ich niemanden wissen lassen, daß ich ihn so lange nicht gesehen habe. Wo ist er?»

Die Hand des Mannes lag auf ihrem Arm – zunächst schien es so, als wolle er sich stützen, aber dann schien er Annabel stützen zu wollen.

«Er ist abgestürzt», sagte er. «Ich habe der Polizei gesagt, ich würde sofort hierhergehen, damit Sie einen Freund da haben, und meine Frau würde mitkommen.»

«Was sagen Sie da?»

Der Doktor sagte: «Er ist abgestürzt. Es war zu spät, als ich hinkam. Ich sah gleich, daß es zu spät war. Ein anderer Arzt war vor mir da, und da war es auch schon zu spät; das war der Arzt von der Ambulanz. Der Unfallwagen stand bereits draußen. Aber er mußte erst heraufgeholt werden. Und das war nicht leicht dort. Man fand meine Adresse in seinem Notizbuch und rief mich an, während der Unfallwagen unterwegs war. Sie haben alles versucht, aber es war zu spät.»

«Was sagen Sie: ‹Zu spät›? Ist er tot?» fragte Annabel. Sie wollte eine Tatsache aus dem Mann herausholen, an die sie sich halten, eine Erklärung, damit sie seinen Worten folgen konnte. «Er ist doch nicht etwa aus dem Fenster gesprungen, oder? Ist er tot? Was ist passiert?»

«Ich kam hin, aber es war zu spät.» Sein Arm drängte sie zu dem einzigen Sessel in dem Zimmer und zwang sie, sich hineinzusetzen.

Sie merkte, daß die Frau des Doktors hereingekommen war, aber nicht das Kind.

«Wo ist sie?» fragte Annabel.

«Machen Sie sich um Gelda keine Sorgen.»

«Daß sie nur das Baby nicht aufweckt.»

«Sie steht am Fenster und sieht sich die angestrahlten Gebäude an.»

«Ist er tot?» fragte Annabel.

Die Frau nickte, aber war das Nicken eine Bestätigung?

Annabel fragte: «Ist er tot?»

«Der Unfallwagen hat ihn mitgenommen. Sie müssen jetzt bitte mit ins Krankenhaus kommen und ihn identifizieren. Seinen Freund hat man auch gerufen, Mr. O'Brien, seine Telefonnummer stand auch in seinem Notizbuch.»

Die Frau hatte ihr etwas zu trinken gebracht. «Ich werde bei dem Baby bleiben», sagte sie. «Gehen Sie ruhig.»

Annabel versuchte, sich irgendwie ein großes Haus mit einem Fenster vorzustellen. Ein großes Haus in einem Vorort, eine kleine Wohnung, das Mädchen ... Sie fragte: «Wie ist er aus dem Fenster gefallen? War es hoch?»

Er sagte: «Es war kein Fenster. Es war das Gerüst in der Kirche SS. Giovanni e Paolo, auf dem die Männer über den Katakomben arbeiten. Es heißt, er war in der Kirche, als die Türen abgeschlossen wurden. Sie dachten, er sei schon gegangen. Dann haben die Männer, die noch an den Ausgrabungen arbeiteten, ihn über die Bretter zum Rand des Schachts klettern sehen, sie haben ihm zugerufen, aber es war zu spät. Er ist hinuntergesprungen, zu den Fundamenten hinab, wo der heilige Paulus ein Märtyrerschicksal erlitten haben soll.»

Sie fragte: «Ist er tot»?, und dachte an diese tiefe Grube. Sie hatten zusammen auf der Treppe gestanden, die man für die Kirchenbesucher gebaut hatte. Es hatte sie schwindlig gemacht, so viele Etagen gewundener Gänge hinunterzublicken, Schicht um Schicht. Später waren sie einen Teil der Stufen hinuntergestiegen und zwischen einigen ausgegrabenen Fundamenten alter Häuser und heidnischer Tempel herumgeklettert, die man dort besichtigen konnte. Nach der Überlieferung hatte hier das Haus gestanden, in dem der heilige Paulus und der heilige Johannes wohnten, als sie nach Rom gekommen waren. Hier waren sie zu Märtyrern geworden. Gemeißelte Gedenkplatten an der Wand hatten den Weg gewiesen. «In diesen Katakomben, diesen Gängen wurde ihr Blut vergossen.» – «Hierher wurden sie gebracht ...»

Sie konnte noch nicht den Gedanken denken, daß Frederick tot war, allein und tot. Sie dachte: Aber warum bei den Märtyrern? Warum? Sie versuchte zu kombinieren, was ihn dorthin geführt haben mochte, denn irgend etwas führte ihn ja immer. Sie konnte ihn sich beim besten Willen nicht als tot vorstellen. Später fragte sie wieder: «Aber ist er tot?»

«Zuerst lebte er noch, als ich hinunterkam; er war bewußtlos. Aber es war keine Hoffnung mehr. Man brauchte fünf bis zehn Minuten, um über diese schwierige Treppe zu ihm zu gelangen. Er lag ganz unten.»

Die Frau des Doktors sagte: «Er ist ganz sicher auf dem Weg ins Krankenhaus gestorben. Gehen Sie jetzt. Ich rufe an und sage, daß Sie kommen. Vielleicht haben sie schon die Polizei hierhergeschickt.»

«O nein, nur kein Aufsehen. Sonst kommt es gleich in die Zeitung.»

«Die Presse ist schon im Krankenhaus. Man erwartet Sie dort.»

Plötzlich schien sie ihr klares Bewußtsein wiederzugewinnen und stand auf. Die Frau des Doktors legte den Arm um sie. «Arme junge Frau», sagte sie.

Aber Annabel wollte unbedingt noch etwas wissen. «Wann ist es denn passiert? Wann ist er gesprungen?»

Der Doktor überlegte einen Augenblick. Inzwischen formulierte sie ihre Frage anders. «Wann ist er abgestürzt?» fragte sie.

«Es muß halb acht gewesen sein. Ich war vor acht dort, und die Leute von der Ambulanz waren da, um ihn heraufzuholen – bedenken Sie, wie schwierig das war. Aber es war zu spät.»

Schließlich war Annabel bereit zu gehen. Sie war voller Zorn und Schrecken über die Abscheulichkeit, die Frederick ihr angetan hatte. Er hatte diese Party arrangiert, ihr diese unmöglichen Leute ins Haus geschickt, um ihre Hände mit Blut zu beflecken, um ihr Image mit Blut zu beflecken ... «Frederick hat gesagt, er kommt um sieben, er werde um sieben da sein ... Eine Party zum Einzug ... Machen Sie die Tür nicht zu, da kommen noch die Jungens mit dem Alkohol ...»

Sie hatte nach dem Baby gesehen und war bereit zu gehen. Die Zeitungen, die Schlagzeilen, die Phrasen ... FREDERICK CHRISTOPHER STIRBT, WÄHREND ANNABEL IN IHRER WOHNUNG EINE ORGIE FEIERT ... – FREDERICK CHRISTOPHER VERLÄSST WILDE PARTY, UM BEI DEN MÄRTYRERN ZU STERBEN. – DIE

TIGER-LADY WAR ZUVIEL FÜR FREDERICK. Sie dachte daran, Luigis Pressechefin Francesca anzurufen. Dann besann sie sich eines Besseren. Francesca war immer an Frederick interessiert gewesen; möglicherweise würde sie zum Tiger werden.

Ein paar Monate später war Annabel zuweilen fähig, an seinen Tod zu denken. Und sie tat es dann zuweilen mit Trauer und Verwirrung, denn nach all diesen Jahren schien es ihr doch so, als habe sie Frederick kaum gekannt, der nun tot war, allein und tot. Sie hatte tatsächlich nie sehr viel von ihm gewußt. Manchmal war es ihr nach seinem Tod möglich, nur an seinen Tod zu denken und nicht auch gleichzeitig an die Wirkung, die dieser Tod auf sie gehabt hatte; aber immer konnte sie das nicht.

4

Sie sah seine Leiche und identifizierte ihn und beantwortete Fragen – betäubt und überwältigt von seinem niederträchtigen Trick. Der Kopf war dezent verbunden. Man hatte Blumen um die hohe Rollbahre gelegt, auf der er lag. Sie blickte ihn an und sagte formell: «Ja, das ist mein Mann.» Sie berührte seine Stirn und küßte sie.

Der Doktor hatte sie durch eine Seitentür hineingeführt, um den Zeitungsleuten und den Kameras auszuweichen, die auf den Stufen des Haupteingangs versammelt waren. Als sie wieder gehen wollten, stand auch vor dieser Seitentür eine wartende Menge. Der Doktor ging allein hinaus, um den Wagen zu holen, während Annabel zu einem noch verborgeneren Hinterausgang geleitet wurde. Man führte sie durch einen langen Korridor, durch einen gewölbten Gang, der das Gebäude mit einem anderen verband. Der Arzt und die Schwestern, die sie begleiteten, sprachen hastig auf sie ein, trösteten sie, alle auf italienisch, einer nach dem anderen und auf eine so zudringliche Weise, als wollten sie ihre Gefühle erforschen. Dann merkte sie, daß sie durch einen großen Raum gingen, in dem Rollbahren durch Seitentüren geschoben wurden, die beim Aufschwingen eine abfallende Rampe sehen ließen; Annabel wurde klar, daß sie durch eine Art Morgue gingen oder jedenfalls durch ein zentrales Depot, wo Leichen auf ihr Begräbnis warteten, wahrscheinlich in einem Gewölbe mit Kühlanlage – und sie nahm an, ihre zungenfertigen Begleiter wollten sie von dieser Tatsache ablenken. Doch nun sah sie, daß eine der Schwestern weinte, und kam darauf wieder zu dem Schluß, daß diese Leute sie wirklich zu trösten versuchten. So antwortete sie denn und machte es sehr gut und war ehrlich froh, daß sie weinen konnte; dann wurde sie durch die gewundenen dunklen Straßen nach Hause gefahren, unter dem Flattern weißer Wäschefahnen, die zwischen den Fenstern der alten Paläste aufgehängt waren. Der Giftmörder hinter dem dunklen Fensterviereck, ein Mann mit gezücktem Dolch, gegen die Wand gepreßt ... Sie war gespannt, wie der Film enden würde, und obwohl sie aufstehen, das Kino verlassen und heimgehen wollte, wollte sie doch erst das Ende sehen. Sie fuhren um eine verlassene Piazza herum, auf der ein Brunnen stand, der müde vor sich hin plätscherte, die Schale wurde von einer Knabengruppe emporgehalten; er war von dem politischen Mörder errichtet worden, der damit sein Gewissen hatte beruhigen wollen; und dann ging es am Palast jenes Kardinals vorbei, der alle Schuld in seinem versiegelten Schweigen barg; mit jenem Mädchen, das jetzt zum Vergnügen seinen Leib mit ihrem langen Haar fesselte; er aber lag währenddessen da und plante kaltblütig die Taten des nächsten Morgens, die die Sünden der Nacht verdecken sollten: Verleumdung, Verleumdung, ein Bote hierhin und einer dorthin, viele Boten mit Geflüster und Andeutungen, und glaubwürdige, einleuchtende Beschuldigungen von Augenzeugen; enge Straßen führten in noch engere; neben ihr nun die furchterregenden Mauern des Cenci-Palastes, in einer jener Straßen, durch die sie, als sie die Party verlassen hatte, gelaufen war, um ein Taxi zu finden. Die Kamera schwang hinüber zum alten Getto. Starre Erdichtungen ungetaner Taten, Anklagen, das entschlossene Anschwärzen eines Menschen. Der Doktor an ihrer Seite sagte: «Vor Ihrem Haus sind Zeitungsleute, ich werde sie wegschicken. Bleiben Sie sitzen, ich parke um die Ecke.»

Sie sagte: «Einen Augenblick. Ich will das bis zum Ende durchstehen.»

Er sagte: «Es ist nicht nötig, daß Sie sich heute nacht der Presse stellen. Diese Leute müssen sich doch im klaren darüber sein, was Sie durchmachen.»

Dann sah er ihre geballten Fäuste und blickte im Licht der Straßenlaternen in ihr Gesicht.

Er sagte: «Ich bringe Sie in ein gutes Hotel; Sie nehmen sich eine Privatsuite, und ich hole das Baby und gebe Ihnen einige Tabletten, damit Sie schlafen können. Und ich sorge dafür, daß so bald wie möglich eine private Pflegerin zu Ihnen kommt.»

Er fuhr an ihrem Haus und der wartenden Menge vorbei und hielt kurz darauf in einer Straße, wo das lebhafte nächtliche Leben Roms noch immer im Gange war.

«Nein», sagte sie. «Ich möchte hier nicht halten. Man wird mich erkennen.» In der vor ihrem Haus versammelten Menge hatte sie ihre Nachbarn bemerkt, und das hatte sie auf praktische Erwägungen gebracht, wenn sie auch noch nicht genau wußte, was sie wollte.

Sie sah auf ihre Uhr und sagte zu dem Doktor: «Es ist schon nach zwei. Ich muß jetzt den Presseleuten etwas sagen, sonst ist es für die Morgenblätter zu spät. Dinge wie diese werden leicht falsch wiedergegeben, und ich möchte nicht, daß die ganze Welt etwas Falsches erfährt.»

«Aber Sie müssen doch schlafen.» Er war irritiert, daß ein Patient eine so ungewöhnliche Einstellung bekundete, und war mit seinem ärztlichen Rat am Ende.

«Es ist wichtig», sagte sie, als er zögernd wieder zu sprechen ansetzte. «Ich muß schließlich auch an mein Image denken.»

Er sagte: «Sie sind sehr tapfer», da er nun den Geheimnissen eines anderen Berufs gegenüberstand und sich klarmachte, wie ein Arzt sich zusammennehmen mußte, wenn er gerufen wurde, gleichgültig, unter welchem Druck er privat stand.

«Oh, man gewöhnt sich daran», sagte sie. «Es ist alles Gewohnheit.»

Als er sie zu ihrer Tür zurückfuhr, sagte er und war sich seiner Verwirrung bewußt: «Es war nur, weil ich dachte, daß Sie wirklich krank aussehen und kurz vor dem Zusammenbruch sind. Der Schock ... Es ist erstaunlich. Sie sind doch eine zarte, zierliche Frau.»

Diese Worte gaben ihr Mut. Sie war bereit, sich als zartes kleines Etwas, umgeben von ihren Nachbarn, betrachten zu lassen.

Sie stieg aus dem Wagen, als die Tür von zwei oder drei Zeitungsleuten aufgerissen wurde.

Die Kameras fielen über sie her und blitzten. Neugierige drängten sich und verrenkten sich die Köpfe. Sie konnte im Lärm der Menge keine Frage verstehen, doch sie klammerte sich an den Arm des Doktors und rief ihm zu: «Sagen Sie ihnen, sie sollen mich durchlassen und in einer halben Stunde wiederkommen. Dann werde ich mit ihnen sprechen. Ich muß erst nach meinem Baby sehen. Nur eine halbe Stunde.»

Der Doktor brachte dies gehorsam zu Gehör und wiederholte es immer wieder, während er ihr einen Weg bahnte.

Sie erreichte die Tür und ging nach hinten in den Hof. Dort hatte sich eine kleinere Gruppe von Menschen versammelt, auf die der Portier einschrie. Er war zerzaust, und die Knöpfe standen ihm offen, als habe man ihn eben aus dem Bett gescheucht. Er drohte, er werde die Polizei rufen, wenn sie das Haus nicht sofort verließen.

Annabel sagte laut auf italienisch zu dem Doktor: «Ich möchte, daß meine Nachbarn mit mir in die Wohnung hinaufkommen. In einer solchen Stunde muß man seine Nachbarn um sich haben.»

Sie sprach italienisch, aber neben sich hörte sie eine amerikanische Stimme. Sie erkannte den Reporter einer großen internationalen Agentur mit seiner Kamera. «Das muß ein schrecklicher Augenblick für Sie sein, Annabel.» Seinetwegen und weil vielleicht noch Landsleute von ihm da waren, wiederholte sie ihren Wunsch auf englisch: «Alle meine Nachbarn. In einer solchen Stunde brauche ich meine Nachbarn.»

«Sehr richtig», sagten die Nachbarn, einer nach dem anderen. Unter lebhaften Klagen, einigen Tränen, vielen Ausrufen des Mitleids und mit hastigen Korrekturen an ihren rasch übergestreiften Kleidern geleiteten sie sie die Treppe hinauf: Männer und Frauen, ein paar Kinder und Babies – nach dem Prinzip, daß man Kinder weder zurücklassen noch aufhalten soll – folgten der berühmten Schauspielerin. Die Frau des Doktors war überrascht, als sie die Tür für so viele Menschen öffnete. Sie hatte die zerbrochenen Gläser in den meisten Zimmern zusammengefegt. Die Böden und Wände, die nie wieder so sein würden wie vor der Party, sahen jetzt immerhin weniger verschmutzt aus. Solide und tüchtig, war sie mit ihrer Tochter bereits für die Heimfahrt angezogen und nahm an, Annabel würde mit dem Baby in ihrem Hotel abgesetzt werden wollen. Sie widersprach, als ihr Mann ihr sagte, sie müßten bis nach der Pressekonferenz bei Annabel bleiben.

«Eine Pressekonferenz! Aber das ist ja barbarisch.» Sie folgte Annabel in das Schlafzimmer, wohin sie gegangen war, um nach dem schlafenden Carl zu sehen; die Nachbarn waren in dem großen, leeren Wohnzimmer geblieben und versuchten, ihre Kinder stillzuhalten. Annabel setzte sich aufs Bett, während der Doktor und seine Frau ihren Streit fortsetzten. «Aber warum?» fragte die Frau, als ob Annabel nicht da wäre. «Es ist mitten in der Nacht. Wozu all diese Menschen und jetzt auch noch die Zeitungsleute und die Kameras, wo sie sich doch ausruhen sollte? Du mußt ihr etwas zum Schlafen geben.»

«Das ist in ihrem Beruf so. Du kennst das doch von mir – man muß weitermachen, einerlei, was . . .»

«Bei dir ist es etwas anderes», sagte sie. «Bei einem Arzt ist es etwas ganz anderes. Aber bei einer Schauspielerin ist es lächerlich, angesichts einer privaten Tragödie an die Öffentlichkeit zu denken. Du mußt an deine Patienten denken, aber sie hat keine Verpflichtungen dieser Art. Es ist einfach unnatürlich, daß sie in diesem Augenblick eine Pressekonferenz gibt.»

Annabel sagte: «Sie müssen jetzt Ihre kleine Tochter nach Hause bringen. Sie sind wundervoll gewesen. Ich möchte hierbleiben, hier bei meinen Nachbarn.»

Die Frau blickte sie argwöhnisch an, als könne sie Annabels Gedanken erraten und doch nicht erraten.

«Frederick hätte das von mir erwartet», sagte Annabel. «Ich weiß, er hätte gewollt, daß ich meine Karriere fortsetze.» Der Ton ihrer Worte gefiel ihr, und sie wiederholte sie im Geiste. Dann zog sich das kleine, stämmige Mädchen, das schweigend und blinzelnd neben seiner Mutter stand, an einer blonden Haarfranse und sagte auf italienisch: «Wenn er das gewollt hat, warum hat er dann Selbstmord begangen und Ihnen einen Skandal beschert?»

«Gelda! Gelda!» sagte ihre Mutter, ebenso erschreckt von dieser Äußerung wie aufgeschreckt durch eine gewisse Vorahnung; offenbar kannte sie ihre Tochter. «Halt den Mund, Gelda. Du sagst nichts mehr. Du bist ganz still.»

Der Doktor verließ das kleine Schlafzimmer und ging zu den Nachbarn. Man konnte ihn über ihre Stimmen hinweg hören, konnte hören, wie er die Kinder in ein Nebenzimmer schickte, wo sie von ihren Eltern gesehen werden, aber nicht die harte Arbeit stören konnten, die Annabel bevorstand.

Währenddessen saß Annabel auf ihrem Bett und blickte Geldas Mutter bedeutungsvoll an. «Sie bringen sie besser nach Hause», sagte Annabel.

Das Gesicht des Kindes war wieder zu Pudding geworden. Sie kam drei Schritte näher zu ihrer Mutter heran, wie um sich vor Annabel zu schützen.

Annabel reagierte sofort mit einer schützenden Bewegung

zu dem Baby auf dem Bett hin. Sie nahm es vorsichtig hoch, murmelte beruhigend als Antwort auf die kleinen Geräusche seines unruhigen Schlafs und schickte sich an, das Zimmer zu verlassen, während sie das Baby fest an sich drückte, gegen jeden weiteren Angriff gefeit.

«Sie nehmen das Baby da mit hinein?» fragte Signora Tommasi und wies auf das Wohnzimmer. Aus dem Hintergrund, wo der Doktor die Kinder versammelt hatte, kamen unterdrückte Quietscher und gelegentlich das Geräusch eines Schlags, und von der anderen Seite, von der Wohnungstür her, drang das unerklärliche Geräusch von Möbeln, die gerückt wurden, begleitet von eifrigem Geflüster; einige der Männer waren weggeschickt worden, aus ihren Wohnungen Stühle zu holen.

Annabel, die das Baby noch immer triumphierend wie einen Schild in ihren Armen hielt, betrachtete das plumpe kleine Mädchen mit äußerster Abneigung und sagte: «Es ist Zeit für sie, ins Bett zu gehen. Ich glaube, Sie müssen sie jetzt nach Hause bringen.»

Der Doktor kam mit einem Glas Glühwein und zwei Aspirintabletten, die er sich von den Nachbarn hatte geben lassen, ins Schlafzimmer. Ihm folgten die tonangebenden Nachbarinnen: die Signora, die irgendwo hinter Annabel wohnte, dann die Großmutter von einigen Leuten, die noch weiter hinten wohnten, und die Anwaltswitwe von oben, die ständig irgendwelche Gedanken, die ihr im Kopf herumgingen, in die leere Luft sprach, als führe sie mit ihrem toten Mann eine Unterhaltung. Diese drei drängten sich in das kleine Schlafzimmer und seufzten ehrfürchtig, als sie das Baby in Annabels Armen erblickten.

Annabel, über den Kleinen geneigt, fing plötzlich an zu weinen und hielt ungeschickt das Glas, während sie das Baby mit dem einen Arm wiegte und es mit dem anderen Ellbogen stützte. Sie beugte ihren Kopf weit über das Baby, um von dem Wein trinken zu können. Das Doktor steckte ihr die halbierten Aspirintabletten nacheinander in den Mund, und sie schluckte sie mit dem warmen Wein hinunter und ließ ihre Tränen an der Seite des Glases hinabrinnen. Die Witwe sagte in die Leere, es sei schrecklich, als Witwe mit Waisen zurückgelassen zu werden. Die anderen Nachbarinnen, ermutigt durch die Tränen, die Annabel so üppig vergoß, sagten viele Male, wie wahr das sei.

Annabel hatte ausgetrunken; sie versuchte sich zu beherrschen, schniefte und ging voran ins Wohnzimmer. Hinter sich hörte sie wieder die Stimme der Arzttochter: «Schauspielerinnen können auf Kommando weinen, sie lernen, wie man das macht.»

Annabel drehte sich mit einem erschrockenen Seufzer zu ihrer zynischen Feindin um; sie hatte ein Echo von Fredericks Stimme wahrgenommen, der immer spöttisch ihre Aufrichtigkeit in Frage gestellt hatte, so daß sie all ihre Handlungen wild hatte verteidigen müssen, irritiert von der Suche nach Gründen für alles und jedes – so wie eine Katze wild wird, wenn man sie zu oft im Schlaf stört. Sie vergaß so gut wie ganz, daß ihre Peinigerin ein Kind war. Während es vom Vater eine Ohrfeige bekam, schrie Annabel: «Hinaus mit dir, du Biest!»

«Sehr richtig», sagten die Nachbarinnen – als Beifall mehr für das, was der Doktor tat, als für Annabels Worte. Das Kind jammerte, als habe man ihm ein Messer in den Bauch gerannt, und suchte Schutz bei seiner Mutter.

«Hinaus mit dir, verschwinde, verlaßt meine Wohnung!» sagte Annabel heftig.

«Die Tragödie hat sie überwältigt», erzählte die italienische Witwe der leeren Luft, und jedermann stimmte ihr zu. Es war nicht üblich, Kinder, auch wenn sie noch so unartig waren, aus dem Haus zu weisen oder sie Biest zu nennen, als wären sie Erwachsene.

Annabel nahm sich zusammen. Sie ließ den Doktor und seine Frau in dieser ersten Phase eines häuslichen Krachs zurück und ging zu ihren neugierigen Verehrern ins Wohnzimmer hinüber. Irgendjemand hatte das pummelige Mädchen bei der Hand genommen und tröstend zu den anderen Kindern geführt. Im ganzen benahmen sich die Kinder gut; sie waren scheu und aufgeregt, weil sie in der Wohnung der fremden Dame waren, noch dazu bei einer solchen Gelegenheit, und die meisten waren zufrieden, im Nebenzimmer herumzustehen und abzuwarten, was als nächstes geschehen würde.

Annabel setzte sich in den Sessel, der für sie freigehalten worden war. Mit ihrem Sinn für Zeremonie und Spektakuläres hatten die Nachbarn die aus ihren guten Zimmern herbeigeholten Stühle in zwei Halbkreisen zu beiden Seiten des besten Sessels angeordnet: er war mit rotem Samt bezogen, und seine Lehnen waren antik geschweift. Mit dem gleichen Instinkt nahm Annabel auf diesem Ehrenstuhl Platz und legte in ihren Armen das Baby zurecht. Die Presseleute würden bald erscheinen. Die Männer saßen bescheiden da, blickten zu Boden und hielten die Hände auf den Knien. Sie hatten, als sie die Stühle holten, die Gelegenheit benutzt, sich die Haare zu bürsten, die Schuhe zu säubern, eine ordentliche Krawatte umzubinden oder zumindest ein weißes Hemd anzuziehen.

Der Zorn über die Doktorstochter hatte Annabels Tränen versiegen lassen. Sie blickte nun durch die offene Tür auf die versammelten Kinder, und als sie das Mädchen unter ihnen entdeckte, sagte sie ruhig: «Ich glaube, dieses Kind sollte nach Hause gebracht werden.»

«Achten Sie nicht auf sie, sie ist nur müde; und nur ein Kind.»

«Wenn sie müde ist, soll sie nach Hause und ins Bett gehen.»

Die Großmutter, die so zahlreiche Nachkommen hervorgebracht hatte und daher mit einer Weisheit jenseits aller Logik gesegnet war, verfügte nun: «Lassen Sie das kleine Mädchen bleiben. Es ist nur übermüdet, schicken Sie es also nicht nach Hause. Lassen Sie das arme kleine Mädchen bei den anderen Kindern.»

«Ja, lassen Sie es bleiben. Es soll auch auf das Fernsehbild kommen.»

An der Tür läutete es, aber es war nur irgend jemandes Sohn, der eben erst nach Hause gekommen war und auf dem Küchentisch einen Zettel mit dem Hinweis auf diese Party gefunden hatte. Mutter und Sohn tauschten hastig Grüße, Vorwürfe, Fragen und Gegenfragen aus, Erklärungen und Auskünfte, und es endete damit, daß die Mutter ihren Sohn Giorgio Annabel formell vorstellte, mit der Bemerkung, normalerweise komme ihr Sohn nicht zu so später Stunde nach Hause, aber er sei nicht seinem Vergnügen nachgegangen, sondern bei seinem Verein gewesen, und die Diskussion habe so lange gedauert. Giorgio beugte sich mit gesenkten Lidern über Annabels Hand und murmelte teilnehmende Worte.

«Mein Sohn ist hochintelligent», sagte die Mutter leise und neigte ihr kräftiges, dunkles Gesicht zu Annabels Ohr. «Sie haben ihn zum Diskussionsleiter im Kommunistischen Männerverein gemacht. Hochintelligent, Gott sei Dank.» Dann befahl sie Giorgio, noch einmal in die Wohnung zu gehen und aus dem Schrank eine Flasche Wein zu holen; sie nahm aus ihrer Handtasche einen Schlüssel und gab ihn Giorgio. Worauf sich der Diskussionsleiter, der Annabel seine Bewunderung für sie ausgedrückt hatte und sein Mitleid mit dem süßen vaterlosen Baby, das jetzt in ihren Armen lag und schlafen sollte, die Augenwinkel wischte und den ihm erteilten Auftrag ausführte.

Annabels Augen waren bei seinen freundlichen Worten wieder feucht geworden. An der Tür begegnete er den Presseleuten, die eben angekommen waren und ohne viel Worte zu verschwenden an ihm vorbei ins Wohnzimmer drängten. Hier fanden sie Annabel, würdig arrangiert im Kreise ihrer Nachbarn, die nun plötzlich still waren, um sie herum saßen und standen, mit gefalteten Händen, mit offenen Händen, als wollten sie um Mitleid flehen, mit auf der Brust gekreuzten Händen, mit Händen, die wie bei einer plötzlichen Katastrophe an die Kehle gelegt oder in Verzweiflung an die Schläfen gepreßt waren – und in jeder anderen spontan eingenommenen, gefühlsbedingten Haltung, mit der sie den Neuankömmlingen ihr Mitleid und ihre Solidarität mit der schwer getroffenen Frau demonstrieren konnten –: und zwar so erfolgreich, als hätte man diese Szene wochenlang eingeübt und geprobt. Es wäre für jeden von der Presse nahezu unmöglich, ja geradezu gefährlich gewesen, Annabel in diesem Kreis eine unangenehme oder feindselige Frage zu stellen oder die Delikatheit der Stunde in irgendeiner Weise anzutasten. Annabel wischte ihre feuchten Augen ab, schluckte sichtbar, blickte auf das Baby hinunter und seufzte.

«Wie fühlen Sie sich, Annabel?»

«Ich fröstle. Mir ist kalt.»

Giorgio wurde nach einem wollenen Schal geschickt.

«Mrs. Christopher, haben Sie irgendeine Vorstellung, warum Ihr Mann das getan hat?»

«Was getan hat?» fragte sie sanft. «Es war ein Unfall.»

5

Beim ersten Morgenlicht lag Annabel in dem kleinen Schlafzimmer neben dem schlummernden Baby und überlegte, was alles ihr möglicherweise bevorstand.

Die Pressekonferenz war leidlich ausgegangen. Nicht gut, aber leidlich, und wenn sie an das gejagte Privatleben anderer Schauspieler mit berühmten Namen dachte, dann hatte sie das Gefühl, daß ihres für den Augenblick gesichert war. Was zählte, waren die ersten Nachrichten. Wenn etwas in einen Skandal umgemünzt werden konnte, würde es jetzt geschehen: die ersten Meldungen gaben den Ton für die nächsten Tage an, diese sehr kritischen Tage für das Überleben eines bedrohten Images.

Vor zwei Jahren hatte es unter Annabels Bekannten eine junge, eben berühmt gewordene belgische Schauspielerin gegeben, die in jeder Zeitschrift für ihre strenge Moral gefeiert wurde, dafür, daß man sie nie mit Liebhabern, aber stets mit Anstandsdamen sah, für ihre hochgeschlossenen, Arme, Hals und Knie bedeckenden Kleider und für eine Rede gegen die Geburtenkontrolle. Sie spielte nacheinander die Rollen der Nurse Cavell und der Jeanne d'Arc. Ihr Image war weniger geschickt gehandhabt worden als das Annabels, es gab Anlaß zu Spötteleien und war leicht zu zerstören. Dennoch schien sie eine Starkarriere vor sich zu haben – bis zu dem Augenblick, da sie töricht genug war, die Polizei zu rufen, als sie zu früher Morgenstunde einen Studenten unter ihrem Bett fand. Sie hatte ein Geräusch gehört, das Licht angeknipst, unter das Bett geguckt und den grinsenden Studenten entdeckt. Es war um eine Wette gegangen, aber das sagte er nicht, und obwohl die Aufregung bald vergessen war, hatte die Schauspielerin nie wieder ihr altes Ansehen zurückgewinnen können. Annabel dachte darüber nach, als erst die Presseleute und dann die Nachbarn gegangen waren. Sie fand, daß sie die schwierige Situation recht gut gemeistert hatte. Sie hatte Glück gehabt, daß Kurt, der blonde, feindselige Journalist von der Party, nicht dabeigewesen war.

Sie fror. Es war eine Kälte, die nichts erwärmen konnte. Sie lag auf ihrem Bett, das Baby neben sich, während durch die Jalousie in weißen Streifen die Morgendämmerung sichtbar wurde. Die Doktorstochter war mit einem Schnitt in der Hand jammernd hereingestürzt, mitten zwischen die Presseleute und Kameras, das Blut lief über ihr Handgelenk und befleckte ihr schreckliches senffarbenes Kleidchen. Die Mutter hatte aufgeschrien. Der Vater hatte sich mit der verletzten Hand beschäftigt, hatte das Kind mit ins Badezimmer genommen und sich von den Anwesenden saubere Taschentücher erbeten. Es war nur eine vorübergehende Störung gewesen. Annabel hatte Anstalten gemacht, aufzustehen und sich um das

Mädchen zu kümmern, aber die Nachbarn hatten sie wieder in ihren Sessel gedrückt. Klein-Carl in ihren Armen fing an zu schreien. Eine der Nachbarinnen nahm das Kind auf den Arm, und schließlich unterhielt das Baby fröhlich die Versammelten und wurde nach römischem Brauch von Hand zu Hand gereicht. Kameras wurden wie Gitarren gezupft und wie Drehorgeln herumgewirbelt. Mittlerweile hatte das Doktorskind es fertiggebracht, kristallklar zu sagen: «Es war eine Glasscherbe von Ihrer Party, Signora Annabel, an der ich mich geschnitten habe. Warum haben Ihre Freunde all die Gläser zerbrochen und so eine Unordnung hinterlassen? Oh, meine Hände sind ganz zerschnitten – sehen Sie, hier auch noch.»

Eine Handkamera, dicht ans Auge gehalten, war auf Gelda gerichtet. Sie fuhr fort: «Hat Ihr Mann Ihre Gäste nicht gemocht? War es deswegen, daß er . . .» Doch der Doktor hatte sie weggeschickt, und die aufgeregte Mutter war ihr gefolgt. Die respektvollen Stimmen nahmen ihre Trauerfragen wieder auf, und Annabel bemerkte kaum die Fragenden, denn die Fragen waren so gewöhnlich und harmlos, daß es schien, als sprächen sie für sich selbst.

«Und Sie wissen noch nicht, ob er eine Notiz oder einen Brief hinterlassen hat?»

«Nein, Sie müssen wissen, unsere Sachen sind noch im Hotel. Hierher haben wir nur ein paar Dinge gebracht.»

«Haben Sie ihn heute gesehen?»

«O ja – aber ich fürchte, im Augenblick bin ich wirklich durcheinander . . . Ich muß das Baby zu Bett bringen. Ich werde niemals glauben, daß es Selbstmord war. Niemals.»

«Sie haben keine Pläne für die Zukunft? Ihr neuer Film . . .»

«Oh, ich habe nicht darüber nachgedacht, über gar nichts . . . Es war ein Schock.»

Die Nachbarn hatten sie mit Einwürfen über ihren Mut und ihren Schmerz unterstützt und den Presseleuten Zeichen der Mißbilligung und Warnungssignale gegeben. Einige der jüngeren, dunkelhaarigen, lebhaften Journalisten – von europäischen Zeitungen – schienen enttäuscht, runzelten die Stirn und zuckten die Achseln, um einander zu verstehen zu geben, wie unbefriedigend sie das Ganze fanden, aber selbst sie waren von der würdig arrangierten Szene gebannt, die, mit Annabel und dem Kind in der Mitte, irgendeinem großen Familien- und Hausstandsbildnis von Holbein glich.

Sie waren gegangen, und das Tageslicht des Samstags war gekommen. Das Baby schlief an ihrer Seite.

Ein Reporter hatte gefragt: «Hatten Sie heute abend hier eine Party?»

«Nein», sagte Annabel dumpf, als hätte sie die Frage kaum gehört.

Ein anderer fragte: «Sie haben die Party also abgesagt, als Sie von der Tragödie hörten, Mrs. Christopher?»

Die Kameras kamen ganz nahe. «Was für eine Party? Es gab keine Party.»

Die Nachbarn verharrten schweigend und nahmen im großen und ganzen jene zum Anlaß passende Haltung ein, die man *bella figura* nennt. Mag sein, daß sie zu plötzlich zu schweigsam schienen, denn die letzte Frage wurde von verschiedenen Seiten in Abwandlungen wiederholt: «Ich habe gehört, zur Zeit der Tragödie war hier irgendeine Art Party oder Fest zu Ihrem Einzug im Gange . . .» – «Was hat es mit dem zerbrochenen Glas auf sich? Das kleine Mädchen hat doch gesagt . . .»

«Oh, das muß irgendein Gerücht sein. Gerüchte tauchen ja immer irgendwo auf. Ich weiß nichts von Glas. Kann sein, daß ich ein Glas zerbrochen habe. Der Doktor gab mir etwas zu trinken, als ich . . . als ich hörte . . . Natürlich hätten wir Freunde hier haben können, aber wir hatten eben keine hier . . . Signora Tommasi war so freundlich und hob die Glasscherben auf . . . Ich muß es fallen gelassen haben . . . Ich weiß nicht . . . Als sie mich mit ins Krankenhaus nahmen, wegen der Identifizierung . . .»

«Ja, natürlich, Mrs. Christopher . . .» – «Ja . . .» – «Ja . . .» – «Es muß schrecklich für Sie sein . . .»

Und es war wirklich schrecklich für sie. Annabel lag nun ohne Schlaf auf ihrem Bett und überlegte, daß man Frederick davor warnen mußte, die Party zu erwähnen. Es war wichtig, daß sie in den nächsten Tagen beide sehr vorsichtig mit ihren Worten umgingen. Wer immer behauptete, er sei auf der Party gewesen, würde unglaubwürdig sein, wenn sie und Frederick es abstritten. Dann schauerte es sie, als die flüchtige Erkenntnis ihr stumpfes Hirn erreichte, daß Frederick tot war und daß man sehr bald in den nächsten Tagen eine Erklärung für seinen Selbstmord finden mußte – und daß er, die notwendige Beigabe für alle überzeugenden Erklärungen, sich fortgeschlichen hatte wie so oft in der letzten Zeit. Sie schloß die Augen und dachte daran, wie lebenswichtig es war, daß er über die Party kein Wort verlauten ließ, und wie sehr er sie verraten hatte, als er genau zu diesem Zeitpunkt Selbstmord beging.

Kurz nach neun am Samstagmorgen ließ Billy sich in die Wohnung ein und brachte die Zeitungen mit. Annabel richtete sich verwirrt auf.

Er sagte: «Die Zeitungen sind soweit in Ordnung.»

«Verschwinde. Die Nachbarn werden mich besuchen kommen. Ich will nicht, daß sie dich hier finden.»

«Warum?»

«Sie würden darüber reden. Vorläufig ist alles in Ordnung. Laß die Zeitungen hier. Ich muß jetzt Carl füttern, er schläft noch, denn er war die ganze Nacht auf. Ich war auch die ganze Nacht auf. Ich werde ihn schnell füttern und dann schleunigst ins Hotel zurückgehen. Ich kann hier nicht bleiben. Und du gehst jetzt.» Sie griff sich ihren Morgenrock vom Fußende des Betts und stand auf.

Er sagte: «Du hast einen von deinen Zuständen.»

«Was erwartest du denn?»

«Bleib liegen. Ich mache die Flasche für das Baby zurecht und für dich einen Kaffee. Wenn jemand kommt, gehe ich an die Tür, lasse ihn herein und sage die Wahrheit.»

«Was!»

«Die Wahrheit. Ich sage nur, ich bin ein Freund von Frederick und wollte dich besuchen. Was stimmt an dieser Wahrheit nicht?»

«O ja – ich nehme schon an, es stimmt, wenn du sagst, du bist ein Freund von Frederick.»

«Genau das war ich. Wie macht man die Babynahrung? Ein Jammer, daß man Carl wecken muß.»

Als er zurückkam, war sie dabei, das Baby trockenzulegen, das herumzappelte und an ihren langen Haarsträhnen zog. Die ersten italienischen Zeitungen lagen aufgeschlagen vor ihr, und sie brachte es fertig, zur gleichen Zeit die Meldungen zu lesen und das Baby anzuziehen – und obwohl ihr Kopf vom Baby an den Haaren nach vorn und zur Seite gezogen wurde, gelang es ihr, zu entnehmen, daß sie fürs erste makellos dastand. In jeder Zeitung waren Aussprüche von ihr zitiert: «Ich glaube nicht, daß es Selbstmord war» oder: «Ich werde nie glauben, daß es Selbstmord war» oder: «Frederick war nicht der Typ, der Selbstmord begeht.» Sie erinnerte sich, daß sie das tatsächlich wieder und wieder unter dem Beifall der Nachbarn auf der Pressekonferenz gesagt hatte, und sie war erleichtert, daß sie bei allem, was in dieser Nacht auf sie eingestürmt war, am Ende nicht doch noch den Kopf verloren hatte. Sie sagte: «Es ist immer der erste Schub Zeitungen, der zählt. Die anderen berichten gewöhnlich im gleichen Ton. Und auf den Ton kommt es an.»

Billy griff nach einer der Zeitungen und übersetzte laut: «‹Ganz gleich, was gesagt wird, nichts wird mich davon überzeugen, daß es Selbstmord war›, sagte Annabel, blaß und . . .»

«Es ist die Wahrheit», sagte sie.

Erst als sie in den unaufgeräumten Hotelzimmern waren, in denen die Christophers bis zum Tag zuvor gewohnt hatten, erzählte ihr Billy von den Abschiedsbriefen.

Das Baby schlief jetzt in einem Kinderbett, das vom Hotel erneut aufgestellt worden war. Es war der einzige Gegenstand in den Räumen, den man in ihrer Abwesenheit auseinandergenommen und fortgeschafft hatte. Einige ihrer Koffer waren noch hier. Sie waren gepackt und abgeschlossen worden, und Frederick hatte sie in die Wohnung bringen sollen.

Sie sagte: «Ich dachte, ich hätte die Koffer abgeschlossen.» An einem der Koffer war die Schließe offen. Sie probierte die andere Schließe aus. Sie sprang auf. Der andere Koffer war abgeschlossen.

Billy sagte: «Sie müssen vergessen haben, ihn wieder abzuschließen.»

«Wer? Wen meinst du?»

«Die Polizei. Ich nehme an, sie haben sich hier umgesehen, hofften irgend etwas unter seinen Sachen zu finden. Rauschgift, eine Aufzeichnung oder sonst ein Beweisstück.»

«Was für eine Unverschämtheit! Ich werde mich an die Botschaft wenden! Sie . . .»

Billy sagte: «Du kannst nichts dagegen tun. Selbstmord ist in Italien ein Verbrechen. Manchmal werden Leute durch Erpressung zum Selbstmord getrieben oder durch irgendwelche Drohungen. Das wollen sie herausfinden.»

«Sie haben keinen Hausdurchsuchungsbefehl gehabt», sagte sie.

«Nein, wohl nicht», sagte Billy.

«Was in aller Welt hätten sie denn finden können? Glaubst du, er hatte irgendwelche Briefe von dem Mädchen, mit dem er sich herumtrieb?» Sie ging ans Fenster, um es zuzumachen, weil es anfing, hereinzuregnen, und sah unter der Markise des gegenüberliegenden Cafés Leute an den Tischen sitzen, Espresso trinken oder Eis essen, junge Männer und Mädchen, jung wie sie, vom Regen abgesehen offenbar ohne Sorgen. Ein dunkelhaariger Mann mit Hornbrille, der an einem der Tische saß, blickte nach oben und winkte zu dem Hotelfenster herauf, wo sie stand. Er lächelte breit und mit weißem Gebiß; er verbeugte sich. Sie schloß rasch das Fenster, irgendwie verzweifelt, daß er sie für eine ganz gewöhnliche Frau gehalten hatte, die bereit war, hinunterzugehen und sich zu amüsieren.

Sie fing an, im anderen Schlafzimmer Fredericks Sachen, die verstreut herumlagen, durchzusehen. Billy kam zu ihr. «Sie haben nichts gefunden», sagte er. «Keine Briefe, überhaupt nichts in dieser Art.»

«Woher weißt du das? Was ist mit seinen Manuskripten und dem ganzen Zeug?»

«Ich war zuerst hier. Ich habe alles an Papieren mitgenommen, was ich finden konnte. Seine Manuskripte waren natürlich nicht hier, er hatte einen Teil in der Wohnung des Mädchens und einige bei mir. Ich habe alle seine Abschiedsbriefe.»

Etwa sieben Minuten lang weigerte sich irgend etwas in Annabel, den letzten Satz aufzunehmen. Während dieser Zeit klingelte das Telefon. Die Vermittlung hatte Auftrag, keine Anrufe zu Annabel durchzustellen, aber ein Anruf aus Liechtenstein beeindruckte das Mädchen so sehr, daß es nachfragte, ob Annabel ihn haben wolle.

«Nein», sagte Billy, der den Hörer abgenommen hatte. «Überhaupt keine Anrufe. Sagen Sie, Sie würden alles ausrichten. Wer ruft denn an aus Liechtenstein?»

Annabel sagte: «Vielleicht ist es Golly. Sag ihr, daß sie kommen soll.»

«Wenn es eine Miss oder Mrs. Golly Mackintosh ist, sagen Sie ihr bitte, daß sie hierher nach Rom kommen möchte», sagte Billy ins Telefon. Er hatte Schwierigkeiten, das auf italienisch zu sagen, und buchstabierte noch Gollys Namen, als Annabel sagte:

«Ich fange gleich an zu schreien. Ich bin fertig.» Sie sprach mit fremder, heiserer Stimme. «Er hat keine Briefe hinterlassen. Es war kein Selbstmord.»

«Mrs. Christopher geht es nicht gut», sagte Billy. «Sie ist müde und erschöpft. Sagen Sie das jedem, der anruft.»

6

«Ich habe es satt bis dorthinaus, dir Geld zu geben», sagte Annabel. Sie angelte nach ihrer auf der Bettdecke liegenden Handtasche. Sie lag jetzt, in die Kissen gestützt, da und war aus dem totenähnlichen Schlaf nach ihrem hysterischen Ausbruch erwacht.

Das helle Tageslicht des Samstags war verschwunden, und ein rosagoldener Schleier lag jetzt auf den Häusern vor dem Fenster. «Wie lange habe ich geschlafen?»

Ein anderer Arzt war gekommen, von Billy gerufen, ein junger italienischer Internist aus einem Krankenhaus, der keine Ahnung von dem hatte, was hier vorging, und der nur daran interessiert war, seine Arbeit zu tun, sein Honorar zu kassieren und mit seinem Motorrad an dem einzigen freien Samstag nachmittag, den er in diesem Monat hatte, aufs Land zu fahren.

Offenbar nicht vertraut mit den neuesten Entwicklungen im Filmgeschäft, hatte er Annabel nicht erkannt. Aus allem, was sie umgab, gewann er den Eindruck, daß sie Schauspielerin war, und er versicherte Billy, er habe viele amerikanische Damen bei Erschöpfungszuständen behandelt. Annabel hörte trotz ihrer Apathie den Fehler, und es gelang ihr, das wichtige Wort «englisch» zu stammeln. Der junge Mann merkte nicht, daß es um den Ruf seiner Patientin ging, denn es war das wichtige Beiwort zu der Bezeichnung ‹Lady-Tiger›. Er beachtete ihren Einwand nicht und fuhr fort, Billy über ihren eventuellen Drogen- und Tablettenkonsum zu befragen. Billy versicherte ihm, es sei nur ein Erschöpfungszustand; der Doktor holte eine Spritze heraus, und Annabel vertraute sich der beruhigenden Nadel an.

Jetzt, während ein Kindermädchen auf Zeit das Baby betreute und im Nebenzimmer munter mit ihm herumhantierte, war Annabel, in die Kissen gestützt und halb betäubt, erwacht. Sie hatte nahezu vier Stunden geschlafen. Billy hatte offenbar das Zimmer nicht verlassen, und es schien Annabel, er habe auf ihr Erwachen gewartet, um Geld zu verlangen. «Wie spät ist es?» fragte sie.

«Zehn nach fünf. Möchtest du Tee?»

«Ja.»

Er bestellte telefonisch Tee, während sie in ihrer Handtasche herumwühlte. Sie sagte: «Wofür willst du Geld?»

Er antwortete nicht, und sie ließ ihre Handtasche offen liegen, eine Hand auf der Bettdecke. Dann sagte er: «Die Hauptsache ist, Annabel, daß ich Fredericks Abschiedsbriefe habe. Alle miteinander.»

Sie blickte ihn aufgeschreckt an und erinnerte sich, daß es das war, um das sie sich kümmern mußte. Billy, sie erinnerte sich jetzt, hatte von Abschiedsbriefen gesprochen, bevor der Arzt gekommen war.

Billy ging zu dem Schemel, auf den er seinen Mantel gelegt hatte. Er nahm eine Anzahl von Briefen aus der Tasche. Sie waren geöffnet. Er kam und setzte sich auf das Bett und hielt die Briefe in seinen sommersprossigen Händen, deren Fingernägel zum Teil dunkle Ränder hatten. Ihre Augen waren auf die Briefe gerichtet, und sie sah, daß seine Hände zitterten.

«Einen», sagte er, «bekam ich gestern abend. Ich fand ihn, als ich, nachdem ich mit den Gästen weggegangen war, in mein Zimmer kam. Ich fuhr mit einem Taxi zu der Kirche, aber ich kam genau zu spät. Dann kam ich hierher und fand die übrigen. Offensichtlich wollte er, daß die Polizei sie vorher findet, sonst hätte er sie abgeschickt – wie den an mich. Oder etwa nicht? Aber ich habe sie zuerst in die Hände bekommen, Annabel, ich kam hierher, und ich habe sie.» Er sprach für seine Verhältnisse sonderbar, fast als unterdrücke er ein Schluchzen, so als stünde er, nicht sie unter innerem Druck.

Sie streckte die Hand nach den Briefen aus und sagte: «Was steht drin? Wenn du diese Art Geld haben willst, Billy, soviel habe ich nicht bei mir. Du mußt warten und es mit meinem Rechtsanwalt ordnen. Natürlich werden wir zahlen.»

Er lächelte mit entblößtem Zahnfleisch. «Arme Frau», sagte er, «was hast du diesem Mann angetan, und was hat er dir angetan?»

Ihre Hand war noch ausgestreckt. «Laß mich sehen, Billy.»

«Sie sind nicht zu verkaufen», sagte er und hielt sie außerhalb ihrer Reichweite.

Sie fing an zu schreien. «Vielleicht werden eines Tages die Fotokopien zu verkaufen sein. Aber laß mich die Briefe sehen. Ich will wissen, was drinsteht und was er getan hat. Und ich will wissen, was er jetzt beabsichtigt.»

«Es gibt keine Fotokopien», schrie er zurück. «Glaubst du, ich hatte seit gestern abend nichts anderes im Sinn, als mit dem tödlichen Gift eines toten Mannes herumzulaufen, um es fotokopieren zu lassen – die Briefe fotokopieren zu lassen? Fotokopieren!»

Das Mädchen mit dem Tee klopfte an die Tür. Billy ließ es herein. Dann legte er die Umschläge auf die Bettdecke, machte einen Tisch frei und schob ihn dicht an das Bett heran. Das Mädchen wartete mit dem Tablett und blickte hin und wieder diese mythische Erscheinung von der Leinwand und den Filmzeitschriften an, die da lebendig und ganz gewöhnlich im Bett lag, neben sich auf einem Sessel die Zeitung mit ihrer Fotografie und der letzten Story aus ihrem Leben; wirklich eine zarte Frau und, in dem Bett da, gar nicht mehr so jung; und nur auf einem Foto, auf der Titelseite einer römischen Abendzeitung, die auf der Bettdecke neben der rechten Hand des Lady-Tigers lag, war ihr Mann Frederick Christopher zu sehen: SCHAUSPIELERIN WIEDERHOLT: ‹ICH WERDE NIEMALS GLAUBEN, DASS ES SELBSTMORD WAR.›

Annabels rechte Hand schob die Zeitung beiseite und drehte das Bild um. Vielleicht hatte sie es nicht gesehen, denn zur gleichen Zeit schob sie sich in den Kissen in eine sitzende Stellung zurecht und ließ die linke Hand auf den vier Umschlägen ruhen, die Billy auf das Bett gelegt hatte. Unter den unordentlich aufgerissenen Umschlägen war der Inhalt sichtbar. Das Mädchen sagte: «Der Page ist draußen wegen des Schlüssels.»

Billy öffnete die Tür, vor der ein Hotelpage stand. Er wollte einen Schlüssel holen, nach dem jemand am Personaleingang des Hotels gefragt hatte. Es stellte sich heraus, daß es sich um eine Frau handelte, die, von einer der Nachbarinnen beauftragt, Annabels Wohnung saubermachen sollte und ans Hotel verwiesen worden war, als sie dort niemanden angetroffen hatte. Annabel fiel ein, daß eine der Nachbarinnen ihr in der Nacht versprochen hatte, ihre bedürftige Schwägerin nachmittags um vier Uhr zum gründlichen Saubermachen in die Wohnung zu schicken. Billy zog den Schlüssel hervor, den er von Frederick bekommen hatte, und ließ der Frau ausrichten, sie solle nach getaner Arbeit hierher zurückkommen, den Schlüssel abgeben und sich ihr Geld holen.

Das Mädchen und der Page waren gegangen. Billy schloß die Tür, öffnete das auf den Hof gehende Fenster, kam herüber zum Teetablett und sagte: «Ich gieße dir eine Tasse ein.»

Annabel sagte: «Wo sind eigentlich alle anderen? Warum hat sich keiner gemeldet?»

«Alle haben sich gemeldet. Unten ist ein Stoß Telegramme und Telefonbotschaften. Dazu genügend Blumen, um einen Laden aufzumachen; sie stehen in großen Bottichen in der Wäscherei.»

«Woher weißt du das?»

«Ich habe mich darum gekümmert, als du schliefst.» Er goß den Tee über eine Zitronenscheibe in die Tasse.

Sie hatte die Briefe in der Hand. «Telegrafiere meinem Rechtsanwalt. Er soll kommen. Ich habe seine Privatnummer in Berkshire.»

«Er hat von sich aus telegrafiert. Er wird morgen abend oder Montag früh hier sein. Reg dich nicht auf.»

«Es regt mich aber auf, wenn jemand anfängt, alles in die Hand zu nehmen. Warum willst du alles in die Hand nehmen?»

«Ich bin ein Freund der Familie», sagte er. «Wir sind einmal zusammen ins Bett gegangen. Los, lies die Briefe – für mich brauchst du kein steinernes Gesicht zu machen.»

«Das ist lange her. Es hat nichts bedeutet.» Sie griff nach dem obersten Umschlag.

«Ich weiß, daß es nichts bedeutet hat. Wenn es mir etwas bedeutet hätte, wäre ich kein alter Freund der Familie, oder?»

«Hör zu», sagte sie, «wenn ich mit einem Mann ins Bett gehe, bedeutet das noch lange nicht, daß ich mich wie eine Klette an ihn hänge.»

«Lies die Briefe. Wir müssen uns entscheiden, was wir bei der gerichtlichen Untersuchung aussagen. Danach verschwinde ich. Du mußt mir etwas Geld geben, ich habe keins mehr. Ich habe den Arzt und die Taxis und andere Dinge bezahlt und brauche einfach etwas Kleingeld.»

«Die gerichtliche Untersuchung? Wann ist die gerichtliche Untersuchung?»

Sie las: *Mamma, das ist der letzte Brief, den Du von mir, Deinem Sohn, bekommst . . .*

Sie blickte auf den Umschlag und sah dann Billy an. «Er ist an mich adressiert», sagte sie. «Warum schreibt er so an mich?»

«Er ist nicht an dich adressiert», sagte Billy. «Er ist an Mrs. W. A. Christopher adressiert.» Er beugte sich vor und unterstützte seine Worte mit seinen sommersprossigen Händen. «Das ist, glaube ich, ein Brief, von dem er wollte, daß ihn die Polizei fände. Er wäre bei der gerichtlichen Untersuchung vorgelesen worden. Alle diese Briefe wären bei der gerichtlichen Untersuchung vorgelesen worden.»

«Seine Mutter starb vor drei oder vier Jahren. Warum schreibt er ‹Mamma›? Er hat sie nie ‹Mamma› genannt.»

«Er hat an sein Image gedacht.»

«Nein, er muß verrückt gewesen sein – und du mußt verrückt sein. Sein Image war . . .» Sie fuhr fort zu lesen, während Billy sagte: «Zuerst bei der gerichtlichen Untersuchung, dann in der italienischen Presse und anschließend auch in der übrigen. Kein Mensch käme auf den Gedanken, daß sie tot ist, und nachher würde es zu spät sein.»

Er stand auf, erregt und bitter, fast lächelnd – und nahm ihr den Brief aus der Hand. «Was sie glauben wollen, das zählt.» Dann begann er ihn laut zu lesen, und während er das tat, erkannte Annabel, wie sorgsam Frederick den Brief aufgebaut hatte, wie ungemein geschickt, als ob seine Karriere davon abhinge. Jede Woche, manchmal jeden Tag erschienen in den italienischen Zeitungen Briefe von Söhnen an ihre Mammas – Briefe von Söhnen im Gefängnis, von Söhnen, die vor Gericht standen, von Studenten, die in einer Nervenkrise Selbstmord begingen, von Söhnen, die Nachbarstöchter verführt hatten oder mit Nachbarsfrauen davongelaufen waren, von Priestern, die sich in Frankreich verheiratet hatten. «Mamma, ich, Dein Sohn, schreibe an Dich . . .»

Annabel setzte sich im Bett auf, nun hellwach und nicht mehr verwirrt. Sie richtete sich auf, den Rest zu hören, voll gewappnet gegen die professionelle Taktik des Feindes, nur erfüllt von dem Wunsch, den ganzen Umfang und das Ziel seiner möglichen Macht zu erkennen.

Das Telefon läutete zur gleichen Zeit, als das Kindermädchen und das Baby nach der Rückkehr von einem Spaziergang lauthals Einlaß begehrten. Noch ehe das Kindermädchen eingetreten war, quoll sie davon über, wie jeder in den Borghese-Gärten das Baby bewundert habe, alle die Mammas . . .

Nachdem er sie hereingelassen hatte, streckte Billy die Hand nach dem Telefon aus und wollte den Hörer abnehmen, als Annabel mit scharfer, fast militärischer Stimme sagte: «Nicht antworten. Einfach ignorieren.» Dann wandte sie sich an das Kindermädchen, das mit dem Baby auf dem Arm dastand und es der Mutter übergeben wollte und das überrascht war, daß Annabel schon soweit ihr Gleichgewicht wiedergefunden hatte; Annabel deutete auf das andere Zimmer und sagte im gleichen Ton, der sich eigenartig schlecht mit der weichen italienischen Sprache vertrug: «Gehen Sie dort hinein. Schließen Sie die Tür. Baden Sie Carl. Füttern Sie ihn. Dann bringen Sie ihn zu mir ins Bett.» Das Mädchen stand verblüfft da.

Das Telefon klingelte wieder. «Nicht anfassen», sagte Annabel wie die Superspionin im Film. Dann hatte sich das Kindermädchen gefaßt und verschwand, wie ihr befohlen wurde, während sie das unbeteiligte Baby tröstete, als sei ihm eine Beleidigung zugefügt worden. Annabel, die ihren unhöflichen Ton rechtfertigen wollte, rief hinter ihr her: «Wir müssen die Einzelheiten für die Beerdigung meines Mannes besprechen. Bitte, schließen Sie die Tür.»

Billy sagte: «Soll ich nicht lieber nachfragen, was man gewollt hat?» Er nahm, während er sprach, den Hörer auf und erkundigte sich, warum ein paar Sekunden zuvor angerufen worden sei. Es wurde mitgeteilt, daß die Frau, die zum Saubermachen in Annabels Wohnung gegangen sei, Schwierigkeiten mit einer jungen Dame gehabt habe und daß sie ins Hotel komme, um Genaueres zu berichten.

«Sag ihnen», sagte Annabel, «sie sollen uns jetzt nicht mehr stören. Sag dem Empfang, man solle sie bezahlen und ihr sagen, daß sie mit ihrem Problem allein fertig werden muß, um was es auch gehen mag.»

Billy gab eine umständliche Version dieser Anweisungen an den Hotelempfang weiter. Dann goß er Tee ein und sah sich nach den Briefen um.

Annabel hatte sie unter der Bettdecke. Sie hatte sie rasch versteckt, als das Kindermädchen hereingekommen war. Nun holte sie sie wieder hervor.

«Wir müssen leise sprechen», sagte sie. «Ich will nicht, daß das Mädchen etwas sieht oder hört.»

«Sie kann kein Englisch.»

«Man weiß nie, wieviel sie verstehen. Ein Wort hier und eines da, ein Stück Papier mit einer bestimmten Handschrift . . .» Sie blickte auf die vier Umschläge in ihrer Hand und auf den einen Brief, den sie nicht mehr in den Umschlag hatte schieben können, und sagte: «Seine Handschrift ist normal, so hat er immer geschrieben. Kein Zittern oder dergleichen.»

«Ja, das habe ich bemerkt.»

«Er ist gefährlich», sagte sie. «Ich habe nie gewußt, daß er gefährlich war.»

«Er hat sie wahrscheinlich schon einige Zeit vorher geschrieben, ehe er sich endgültig entschloß», sagte Billy. «Er sprach oft von Selbstmord, und ich dachte, vielleicht tut er es. Aber ich habe nie gedacht, daß er solche Briefe hinterlassen würde.»

«Immerhin hat er das Datum draufgeschrieben.»

«Das kann er ganz zuletzt getan haben.»

«In der letzten Minute», sagte sie mit dem ungewöhnlichen Nachdruck eines Menschen, der sich fürchtet.

Das Kindermädchen hatte frei, und das Baby lag neben Annabel, wedelte mit den Ärmchen und gab kleine Töne von sich, die ab und zu in einem Gähnen endeten.

Annabel saß aufrecht mit den Briefen da. Sie las sie zum drittenmal. Billy hatte eine Flasche Whisky neben sich, einen Krug Wasser und eine Schale mit Eis.

Mamma, das ist der letzte Brief, den Du von mir, Deinem Sohn, bekommst. Du, die Du mir immer eine wunderbare Mutter gewesen bist, eine wahre Mutter – vergib mir, was ich tun werde. Es ist mein einziger Ausweg aus einer unerträglichen und abscheulichen Lage. Mamma, meine Frau ist mir untreu, Tag und Nacht. Seit der Geburt unseres Sohnes hat sie sich mir gegenüber ganz verändert. Orgien – unglaubliche Orgien von der zügellosesten Art werden zu ihren Ehren bis tief in die Nacht hinein gegeben. Mehrmals habe ich versucht, sie dazu zu bringen, diesen Schauplätzen des Bösen und des Schreckens den Rücken zu kehren – doch sie lacht nur über mich und veranlaßt ihre Freunde, ebenfalls über mich zu lachen. Viele Male ist sie erst morgens um zehn oder um elf Uhr in unsere Hotelsuite zurückgekommen, die wir in Rom bewohnen, betrunken oder unter Rauschgift stehend, in Begleitung von Männern der übelsten und niedrigsten Sorte. Der Hoteldirektor hat mir sagen lassen, wenn das so weiterginge, müßten wir ausziehen.

Du weißt, Mamma, unser guter Ruf als Ehepaar ist über die ganze Welt verbreitet. Dieser gute Ruf ist eine einzige Lüge.

Der kleine Carl ist den Dienstboten und Kindermädchen überlassen – jedem, der gerade da ist. Was wird aus ihm werden?

Mamma, ich verlasse dieses Leben in dem Bewußtsein, daß Annabel sogar in der Stunde meines Todes eine wilde und schreckliche Party in der neuen Wohnung gibt, die sie zu diesem Zweck gemietet hat. Gerade zu dieser Stunde trinkt und tanzt sie dort.

Wenn Du diesen Brief gelesen hast, wirst Du mich nicht verdammen. Mamma, ich danke Dir für all das Wundervolle, das Du für mich getan hast. Bete für mich. Wären doch alle Frauen wie Du. Obwohl ich es nicht wert bin, sterbe ich bei den heiligen Märtyrern in der Hoffnung auf Frieden.

Dein sterbender Sohn Frederick.

Annabel faltete den Brief zusammen und schob ihn in den Umschlag zurück. Sie sagte, als ob sie eine Rechnung abschlösse: «Seine Mutter ist tot. Ich habe nie an irgendwelchen Orgien teilgenommen. Die Party in der Wohnung gestern abend war ganz allein Fredericks Werk. Ich habe immer für das Baby gesorgt. Der Hoteldirektor hat sich nie über irgend etwas beklagt.» Sie blickte das Baby an ihrer Seite an. Es schlief nun. «Aber ich werde es beweisen müssen.»

«Ja», sagte Billy.

Sie sagte: «Es dürfte einige Zeit kosten, bei all dem über Orgien den Gegenbeweis anzutreten. Auch müßte erklärt werden, warum er das geschrieben hat.»

«Ja.»

Sie sagte: «Nächster Brief», und nahm den nächsten. Er war an sie selbst adressiert. Sie las mit gelangweilter, eintöniger Stimme vor: «*Liebe Annabel, als wir zuerst verheiratet waren, arm, doch voller Liebe, bevor wir berühmt wurden . . .*»

Sie hielt inne und sagte, während sie Billy ansah: «Das habe ich gern – dieses ‹wir›.» Doch Billy war von seinem Stuhl aufgesprungen, als sie sprach. Seine dicken Lippen waren blaß, und sie bewegten sich wortlos. Er blickte auf eines der offenstehenden Fenster.

Da war eine knollenartige weiße Gestalt, klein und taumelnd, irgendwie hell gegen den dunklen Himmel, etwa ein Drittel so groß wie das Fenster; sie taumelte halb innerhalb, halb außerhalb des Zimmers, hatte Kopf, Rumpf und Beine, aber keine Arme, wie der Geist eines Embryos.

Billy stand gegen die Wand gepreßt, und mit dem Rücken zu dem Gegenstand ließ er einen hohen, weibischen Schrei hören.

«Du wirst das Baby aufwecken!»

Das Baby wachte auf und fing an zu schreien. Annabel nahm es hoch und hielt es in ihren Armen. Sie hatte beim Anblick der Erscheinung auch zuerst einen kleinen Schreck bekommen, hatte aber rasch die vertrauten Spielzeugballons des römischen Nachtlebens erkannt, die grotesk geformt und an denen Leinen befestigt waren, lang genug, um sie bis in Dachhöhe aufsteigen zu lassen. Der Reflex der blassen Beleuchtung des in der Nähe stehenden Denkmals hatte diesem weißen Spielzeug, das noch immer am Fenster taumelte, zarten Glanz verliehen. Gerade jetzt gesellte sich ein blauer Gefährte mit aufgemaltem Lachmund zu ihm.

Billy starrte sie an und preßte seine Hände gegen die Wand hinter sich. Er sah aus, als würde er zusammenbrechen. Das Baby wimmerte immer noch.

Annabel rief: «Billy, das sind Ballons. Was ist denn mit dir los?» Sie wandte ihre Aufmerksamkeit ihrem Sohn zu, schlüpfte mit ihm aus dem Bett und trug ihn zum Fenster, damit er die drolligen Ballons sehen konnte. Er hörte auf zu schreien, als die tanzenden, beleuchteten Körper seine Aufmerksamkeit erregten. Annabel sah hinunter. Ein paar Touristinnen mittleren Alters winkten fröhlich herauf, sehr glücklich über ihre Ferien und die Ballon-Spielerei: Annabel nahm die Hand des Babys und winkte mit ihr nach unten.

Billy war ins Badezimmer gestolpert. Als er zurückkam, stand Annabel noch immer am Fenster. Sie tippte gegen die Ballons, die dort auf und nieder schwebten. Das Baby, das sie mit dem rechten Arm auf der Hüfte hielt, war völlig versunken in den Anblick.

Billy sagte: «Die Nerven. Tut mir leid. Rein nervöse Reaktion. Ich habe überhaupt nicht geschlafen.»

Sie sagte: «Ich gehe besser wieder ins Bett. Diese Injektion war stark. Ich könnte auf der Stelle einschlafen.»

Billy fragte: «Willst du die Briefe nicht zu Ende lesen?»

«Ich denke schon. Sind sie verschieden?»

In dem Brief an sie hatte Frederick sie beschuldigt, ihn mit ihren Orgien verhöhnt zu haben.

In dem dritten Brief, dem an Billy, hatte Frederick sie beschuldigt, ihn mit ihren Orgien verhöhnt zu haben.

Der vierte war an Carl gerichtet.

Mein Sohn, wenn Du alt genug bist, es zu verstehen, dann möchte ich, daß Du weißt . . .

«Er hat es genauso gemacht wie die Journalisten, wenn sie einen Skandal anrühren wollen. Ich habe gehört, daß sie sogar Briefe erfinden», sagte sie schläfrig. Das Baby war nun in seinem Bettchen und sang sich selbst ein Schlafliedchen. Sie fragte: «Was ist eigentlich eine Orgie? Bist du mal auf einer gewesen?»

«Reine Nervensache, es war Schlaflosigkeit und Überanstrengung», sagte Billy.

Annabel fragte: «Ist nicht irgendeine Nachricht von Luigi Leopardi gekommen?»

«Wer ist das?»

«Wer das ist? Du weißt, wer das ist.»

Billy sagte: «Ich fühle mich miserabel. Wofür brauchst du Leopardi?»

Sie sagte: «Ich will mit ihm sprechen. Ich möchte ihn nicht auf dem Land anrufen, da ist seine Familie und all das. Er soll mir auch etwas Geld bringen.»

Billy nahm den Hörer ab und fragte nach einer Nachricht von Signor Leopardi. Er sah krank aus, und wenn er sprach, zeigte sich sein rotes Zahnfleisch. Er sah aus wie ein ingwerfarbenes Tier auf der Flucht, das erschöpft ist und hungrig. Billy notierte Luigis Telefonnummer und wurde, da er noch immer am Apparat blieb, von der Vermittlung mit jemand anders verbunden. Annabel hörte ihn sagen: «Sind Sie sicher?» Dann sprach er englisch, offenbar mit dem Chefportier. Billy sagte: «Nein!» Dann sagte er: «Wie schrecklich!» Dann sagte Billy: «Sie ist nicht in der Verfassung, jetzt gleich mit der Polizei zu sprechen. Sind es welche in Zivil?» Und er fragte: «Sind es Carabinieri in Uniform, oder . . .?» Nach einer weiteren Pause, in der Annabel eine füllige und aufgeregte Stimme hören, aber nicht verstehen konnte, sagte Billy: «Ich komme herunter.»

«Was ist los?» fragte Annabel. Aber Billy hatte das Zimmer schon verlassen und die Tür zugeschlagen. Annabel stand gähnend auf und blickte auf das Stück Papier, auf dem Billy Luigi Leopardis Nummer auf dem Land notiert hatte. Sie hob den Hörer ab und bat die Vermittlung, ihn mit Voranmeldung zu verlangen. Das Mädchen sagte: «Oh, dieser Herr hat Sie viele Male zu erreichen versucht.»

Die Frage war: Wie hatte man das Mädchen in so gefährlichem Zustand zurücklassen können, das die Frau auf dem Fußboden des Badezimmers in Annabels Wohnung gefunden hatte? Nicht so wichtig war die Frage, wie das Mädchen überhaupt dorthin gekommen war, und am Sonntagmorgen war sie im Krankenhaus schon so weit wieder bei Bewußtsein gewesen, daß man sie darüber hatte befragen können. Mit schwachem Stammeln hatte das Mädchen gestanden, sie sei dorthin gegangen, um «an einer Art Orgie» teilzunehmen. Dann sagte sie, sie habe «keinen Schuß gehabt, es waren Tabletten». Und dann sagte sie, sie sei dankbar, und schlief ein. Man hatte die restlichen Tabletten bereits in ihrer Handtasche gefunden und das Mädchen entsprechend behandelt.

Aber aus welchem Grund war sie überhaupt dort gewesen? Luigi hatte Annabel diese Frage noch nicht gestellt. Er las die Briefe.

Es war Sonntag vormittag um zehn. Die Kinderschwester hatte das Baby auf die Dachterrasse des Hotels gebracht, wo heute mehr Kindermädchen und kleine Kinder als sonst versammelt waren, denn diese Kinderschwestern aller Nationalitäten waren begierig darauf, auch die kleinste Neuigkeit aus Annabels Zimmern zu erfahren. Die amerikanischen, englischen und europäischen Zeitungen, die jetzt in Rom eintrafen, hatten bereits die italienische Sensation von Fredericks Tod übernommen. Fotos von Annabel, wie sie das Krankenhaus verließ, nachdem sie ihren toten Mann identifiziert hatte, Fotos, wie sie, umgeben von Nachbarn, ihr Baby wiegte, und schließlich Fotos aus ihrem letzten und berühmtesten Lady-Tiger-Film zierten die Titelseiten, und die Begleittexte wurden eingeleitet mit Variationen des Satzes: «Selbstmord? Unmöglich, sagt Annabel.»

Es gab vergleichsweise wenige Bilder von Frederick selbst – etwas, das außer Annabel niemand zu bemerken schien, und ihr fiel es nur auf, weil sie jetzt gerade das ganze Ausmaß seiner Feindseligkeit gegen sie erkannt hatte; sie registrierte den allgemeinen Mangel an Zuneigung für ihren toten Gatten mit einer Art von Bedauern darüber, daß er nicht lebte, um darunter zu leiden. Sie registrierte es und sagte nichts. Luigi war, direkt vom Land kommend, etwa um halb zehn in der Stadt eingetroffen, und die Kinderschwester, die mit Carl oben auf der Dachterrasse war, spann um die Ereignisse unten im Zimmer ein langes Garn.

Annabel war aufgestanden und hatte sich angezogen. Sie war blaß. Zusammengesunken saß sie in einem Sessel, trank Kaffee und ließ die knusprigen Brötchen und die Marmeladentöpfchen auf dem Frühstückstablett unberührt. Luigi las wieder in den Briefen. Auch er hatte ein Frühstückstablett neben sich. Er aß Brötchen mit Butter und trank große

Schlucke Kaffee, während er sich mit den Briefen und der Tatsache ihrer Existenz befaßte.

Annabel hielt das Drehbuch in der Hand, in dem sie gelesen hatte, ‹*Die Wendeltreppe*›. Gestern hatte sie in der neuen Wohnung gerade ihre Rolle gelernt, die Rolle der Sekretärin bei einer Botschaftersgattin, als Billy hereingekommen war. Der Fleck, den er mit seinem fettbeschmierten Messer gemacht hatte, war darauf. Sie hatte das Drehbuch unter ihr Kissen geschoben, als die Party über sie hereinbrach, und dann hatte sie es zu dem Baby in die Tragetasche gesteckt und mit ins Hotel gebracht. Sie blätterte es auf und konzentrierte sich auf eine Seite. Es war wie eine Heimkehr, nachdem man stundenlang in einer Verkehrsstockung festgesessen hat.

97. *Daphne bleibt auf der Wendeltreppe stehen. Sie hat Lamont durch die Diele gehen sehen.*

98. *Kamera schwenkt von ihr zu Lamont. Sobald er die Tür zur Bibliothek erreicht, dreht er sich um, die Hand auf der Klinke, hält ein. Blickt aufwärts.*

99. *Kamera nimmt langsam die Stufen von der Diele aus ins Bild, eine nach der anderen. Erreicht Daphnes Füße, Spangenschuhe, die langsam heruntersteigen.*

100. *Wie gesehen vom Treppenabsatz aus. Daphne steigt hinunter. Lamont verharrt an der Tür zur Bibliothek. Seine Hand hat sich nicht bewegt.*

101. *Kamera schwenkt zum oberen Ende der Wendeltreppe. Lady Sarahs Füße, ausgestreckte Zehen, exquisite Abendschuhe. Kamera langsam zum Gesicht, zu den Augen. Lady Sarah ist für das Dinner angezogen. Steigt energisch hinab.*

102. *Treppenabsatz. Lady Sarah bleibt stehen.*

LADY SARAH: *Warum haben Sie schon aufgehört, Miss Vance?*

103. *Daphne, weiter unten und immer weiter zu Lamont hinuntersteigend, der noch immer an der Tür zur Bibliothek steht, hält einen Augenblick an, als sie Lady Sarahs Stimme hört. Hand*

auf dem Geländer. Dann dreht sie sich mit bittendem Ausdruck um.

DAPHNE: *O Lady Sarah, ich wollte gerade einmal hinaus, um . . .*

LAMONT: *Sarah, du weißt, Miss Vance hat am Abend das Recht auf etwas frische Luft.*

Als Luigi die Briefe durchgesehen hatte, fragte er: «Gibt es noch mehr davon?»

«Billy sagt, nein», antwortete sie.

«Es gibt keine Kopien?»

«Billy sagt, nein.»

«Für diese hast du ihn bezahlt?»

«Nein.»

«Dann hat er bestimmt Kopien. Früher oder später wirst du ihn bezahlen müssen.»

«Billy schwört, daß er keine Fotokopien hat machen lassen. Er war wütend auf mich, als ich ihm das nicht glauben wollte. Vielleicht tue ich ihm leid.»

«Vielleicht was, Annabel?»

«Vielleicht tue ich ihm leid.»

Luigi zwang sich, diese Möglichkeit mit einem traurigen Kopfnicken anzuerkennen. «Ja», sagte er, «du solltest ihm leid tun. Du solltest.»

Luigi blickte wieder auf die letzte Seite des letzten Briefes, den an Annabel. Er las:

Du bist eine schöne Muschel, so eine, die an den Strand geschwemmt wird, ein Sammlerstück, eine Perlenmuschel – aber leer, entleert vom Leben, das einst darin war.

Annabel sagte: «All das ist nur ein Einfall. Er hat sich nie genau mit irgend etwas beschäftigt. Ich bin weder so schön noch so vollkommen und auch nicht so leer. Aber es ist ein Einfall. Glaubst du, ich bin wie eine Muschel?»

Luigi betrachtete sie mit dem fachmännischen Blick, der ihm während jener Brunnenszene ihre Möglichkeiten offenbart hatte – ein gräßlicher Film, nicht von ihm, doch da hatte er sie gesehen, in ihrer Rolle als flüchtende Gouvernante, gejagt zwischen den steinernen Ungeheuern und den großen Heldenfiguren am Bernini-Brunnen auf der Piazza Navona, die heißen Kameralampen auf sie gerichtet, und die jungen Männer und Mädchen auf der Piazza sahen ihr zu. Er hatte alles wahrgenommen: nicht die Annabel jenes Augenblicks, sondern das Bild, das sich aus ihr machen ließ, Augen, die sich auf der Textur der Leinwand wandeln würden, und irgend etwas in ihrem Gesicht, wie eine Gabe, die sich nutzen ließ. Er hatte das alles auf den ersten und den zweiten Blick gesehen. Jetzt, als er sie ansah, begriff er aufs neue und noch klarer, was ihn beeindruckt hatte, beeindruckt, weil er etwas daraus machen konnte. Das bescheidene, fast provinzielle Aussehen, die gewisse Losgelöstheit von der Alltagsnüchternheit, hinter der sich eine wilde Kreatur verbarg. Annabel, so unbarmherzig dem Leben, so empfindsam dem Tod gegenüber! – «Ich werde nie glauben, daß es Selbstmord war, niemals.» – Luigi hatte, als er das las, gedacht, das wäre ein guter Satz für einen ihrer Filme – wäre Frederick Christopher noch am Leben, um seine Rolle in ihrem Image zu spielen. Schließlich war dieses Image nicht so weit von der Wahrheit entfernt, sie war eine damenhafte, wohlerzogene Art von Tiger; doch nach wie vor ein Tiger.

Luigi sagte: «Nein, du bist keine leere Muschel, nein, natürlich nicht.»

«Es war bloß einer von seinen Einfällen», sagte sie. «Seine Einfälle.»

Sie blätterte weiter in dem Drehbuch, um sich zu trösten, las ganze Sätze und Anweisungen.

Sie sagte: «Das Mädchen – es wird in den Abendzeitungen stehen. Ich habe der Polizei gesagt, daß ich nichts über sie weiß. Sie muß irgendwie in die Wohnung hereingekommen sein. Es waren Dutzende von Leuten in der Wohnung – die ganze Nacht über – die Nachbarn – dazu die Pressekonferenz – sie muß schon völlig hinüber gewesen sein, wenn sie annahm, das sei eine Orgie.»

«Aber was hat sie dort gemacht?»

«Frederick muß sie geschickt haben. Er hat ihr wahrscheinlich auch die Tabletten gegeben.»

«Mach dir keine Sorgen, das Mädchen wird gesund. Ein wahres Wunder, wie alle im Krankenhaus sagen – sie hat eine Handvoll Barbiturate genommen. Es war ein Selbstmordversuch. Du kannst nicht verhindern, daß es in die Zeitungen hineinkommt. Aber mach dir keine Sorgen.» Luigi blickte vor sich hin.

«Warum? Warum hat sie das getan?»

«Sie sagte, sie war verliebt in Frederick.»

Nach diesem Satz fiel Annabel das Drehbuch aus der Hand. Ihr dumpfer Gram war wie weggeblasen, und sie starrte Luigi aus ihren Bernsteinaugen an.

«Kein Wunder, daß Frederick zum Selbstmord getrieben wurde – mit all diesen Weibern, die hinter ihm her waren!» Ihre Stimme klang, als steche sie mit einer Nadel zu, und sie beobachtete, ob ihre Worte eindrangen. Er merkte, daß sie einen Gedanken in sein Hirn pflanzen wollte, genau wie es seine Pressechefin Francesca machte.

Dann erkannte er, daß das tatsächlich eine mögliche Art der Verteidigung war.

Annabel sagte: «Die Weiber haben ihn verrückt gemacht. Sie haben ihn gehetzt. Am Ende war er völlig verstrickt und ganz durcheinander und sprang einfach . . . Möglicherweise hat er wirklich gedacht, ich schwelge in Orgien . . .»

Er fragte: «Willst du das bei der gerichtlichen Untersuchung sagen?» Er bewunderte die Sparsamkeit ihrer Mittel. Er verstand wirklich etwas von schauspielerischem Talent, und er konnte nicht umhin, ihres sehr hoch einzuschätzen. Sie ist reich begabt, dachte er. Genau wie im Leben, dachte er, sind die wirklich Reichen sparsam, während die Armen sich rasch verausgaben. Halb lächelnd blickte er sie an, im stillen froh, daß seine Frau letzten Endes anders war als diese.

Annabel beantwortete seine Frage nach der gerichtlichen Untersuchung. «Das hängt davon ab, wie es läuft», sagte sie.

Da dachte er, sie könnte vertragen, was er ihr noch nicht hatte sagen wollen. «Du wirst vielleicht eine Weile verreisen müssen. Nach Mexiko oder irgendwohin, wo es hübsch ist. Nimm das Baby mit und ruh dich aus.»

«Nein, ich will den neuen Film machen. Was ist mit dem Film?»

Er sagte: «Wenn etwas über Orgien bekannt wird, nützt dir der neue Film gar nichts. Du wärst in der Rolle der Daphne einfach lächerlich, vor allem in der Szene, wo du Lamont aufgibst, weil er ein verheirateter Mann ist, und am Ende der Szene, wo er zu spät zum Flughafen kommt. Das Publikum würde anfangen zu lachen, es wäre ein Witz, wenn es in den Zeitungen heißt, du seist die Frau mit den Orgien. Und auch die Szenen, wo Daphne und Lamont in den Bergen die Rauschgiftschmuggler entdecken und ihr Leben riskieren, um zu verhindern, daß sie weiter das Leben junger Menschen ruinieren: wenn wir das herauslassen, verlieren wir die Hälfte des Films. Wenn wir es nicht herauslassen, wird gelacht. Du weißt doch, Annabel, ein Film dieser Art ist der reinste Hohn, wenn Gerüchte über Orgien auftauchen. Ganz im Vertrauen kann ich dir sagen, in dem Film steckt auch Geld vom Vatikan. Bei dir werden Orgien Aufsehen erregen. Diese Blättchen leben doch von Geschichten über neue Stars – und ein neuer Star ist zwei, drei Jahre lang besonders gefährdet. Ein Star ist natürlich immer in Gefahr, aber die ersten zwei, drei Jahre sind die gefährlichsten.»

Er hob das Drehbuch vom Boden auf, wo sie es hatte hinfallen lassen, und blätterte es durch, wie wenn man ein Bündel Banknoten durchblättert und den Wert schätzt, ohne genau zu zählen.

In seinem korrekten Englisch mit der amerikanischen Färbung und dem italienischen Akzent sagte er: «Wir müssen dir ein neues Image aufbauen. Du wirst wilde, verrückte Mädchen spielen müssen, wenn du aus deinen Ferien zurückkommst. Wir werden ganz andere Filme machen.»

Sie sagte: «Ich habe auch andere Angebote.»

Er sagte: «Es ist noch zu früh für dich, so zu reden. In zwei oder drei Jahren kannst du von anderen Angeboten sprechen, kannst Produzenten und Gesellschaften gegeneinander ausspielen. Du hast eben erst angefangen. In Amerika hast du es noch nicht geschafft. In ein paar Jahren würdest und wirst du es vielleicht geschafft haben, aber . . .»

Er versuchte ihren Wert herabzusetzen, als feilsche er auf einem Basar. Sie fragte: «Warum bist du so sicher, daß die Geschichte von den Orgien sich herumsprechen wird?» Sie sprach schnell, band dabei ihren Gürtel auf und knotete ihn fester.

Er antwortete nicht darauf. Statt dessen sagte er: «Dein Mann muß verrückt gewesen sein, auf intelligente Art verrückt. War er eifersüchtig auf mich?»

«Nein», sagte sie. «Warum sollte er auf dich eifersüchtig gewesen sein?»

Er lächelte und sagte: «Du bist immer so aufrichtig.»

«Wie soll ich wissen», sagte sie, «ob er auf dich eifersüchtig gewesen ist oder nicht? Vielleicht war er es. Aber er hatte keinen Grund dazu.»

«Na schön», sagte er. «Du brauchst nicht gleich aufzumucken, nur weil du meinst, daß ich ein bißchen Einfluß auf deine Karriere habe. Ich nehme an, auf deine Karriere war er jedenfalls eifersüchtig.»

«Er war auf das Baby eifersüchtig», sagte sie.

«O nein, niemals. Auf deine Karriere. Darum hat er dich sehr beneidet und gehaßt.»

«Nein, die machte ihn zwar unglücklich, aber er hatte sich daran gewöhnt. Am Ende war es das Baby.»

«Warum?»

«Warum? Frag ihn. Niemand würde es glauben, oder?»

Luigi schwieg und vergaß für eine Weile, daß er ein Filmmann war.

Annabel sagte: «Heute nachmittag um fünf besuche ich dieses Mädchen im Krankenhaus. Wie war ihr Name? Sandra Soundso.»

«Danya Lutyens. Die Eltern kommen heute aus den USA an.»

«Aus welchem Teil der Staaten?» fragte sie.

«Ich weiß es nicht. Was spielt das auch für eine Rolle?»

Sie dachte schon an etwas anderes. «Ich muß die Blumen bestellen, die ich ins Krankenhaus mitnehme. Ich ziehe meine schwarzen Sachen an und besuche sie. Warum hat sie gesagt, daß sie auf einer Orgie gewesen ist?»

«Sie wird gedacht haben, daß sie es war.»

«Frederick hat ihr wahrscheinlich gesagt, daß er sich dort mit ihr trifft – auf einer Orgie, einer Orgie. Bestimmt hat er das gesagt. Und das Wort ‹Orgie› wird er besonders betont haben.»

«Annabel, jetzt schreibst du in deinem Kopf ein Drehbuch. Frederick war krank. Du solltest ihm verzeihen. Versuche zu verzeihen – sag dir selber, daß du ihm verzeihst.»

«Ihm zu verzeihen, ist meine Sache», sagte sie. «Wenn du jemandem verzeihst, sogar wenn er lebt, dann ist das Schlimmste, was du zu ihm sagen kannst: ‹Ich verzeihe dir.› Es bedeutet, du nimmst Rache, indem du ihn wissen läßt, du bist der Überlegene. Und es ist das gleiche, wenn jemand tot ist. Wenn ich jetzt sage, ‹ich verzeihe ihm›, jetzt, wo Frederick tot ist und mit diesem Tod eine ganze Hölle aufgerührt hat – dann werde ich ihm niemals wirklich verzeihen. Das Beste ist, gerade dort weiterzumachen, wo er gesprungen ist – das ist wirkliches Verzeihen. Alles zusammensetzen, was kaputtgegangen ist, und weitermachen.»

«Als ich ein Kind war», sagte Luigi, «wurde uns beigebracht, jemandem, der uns Unrecht getan hatte, zu sagen: ‹Ich verzeihe dir.› Jeder freute sich, wenn ihm mit Worten verziehen wurde. Wir sollten sogar sagen: ‹Ich werde Gott bitten, deine Sünden zu vergeben.›»

«Bei uns ist das eben anders. Wenn man sagt, ‹ich verzeihe dir›, so ist das eine Beleidigung. Und Gott zu bitten, Menschen zu vergeben, ist auch nicht sehr nett – ganz zu schweigen davon, jedem zu erzählen, daß man für ihn beten will. Das ist überheblich.»

Luigi sagte: «Wir haben unsere Brüder und Schwestern gebeten, uns zu verzeihen. Unsere Mutter brachte uns das bei. Wir waren daran gewöhnt.»

«Ich kenne ein Mädchen, das in England so aufgezogen wurde», sagte Annabel. «Sie erbte etwas Geld, steckte es in eine Kleiderfabrik und verlor alles innerhalb von sechs Wochen. Auch die übrigen Familienmitglieder verloren früher oder später ihr ganzes Geld. Ich weiß nicht, auf welche Weise, aber anfangs war die Familie schrecklich reich, und am Ende hatten sie alle nichts mehr.»

«Weil sie ‹ich verzeihe dir› gesagt haben, als sie jung waren? Tatsächlich?» Luigi tat alles, damit sie weitersprach.

«Ach, ich weiß nicht. Sie gehen nicht mehr zur Kirche. Der Vater starb, und die Mutter ließ es bleiben, den Kirchgang und alles andere. Morgen früh kommt eine neue Kinderschwester für Carl aus England. Ich wünschte, sie wäre jetzt schon da. Sie könnte sich auch sonst um allerlei kümmern, um meinen Besuch im Krankenhaus etwa und um die Blumen. Ich weiß, sie würde es tun. Du mußt mit Francesca sprechen. Sie mag mich nicht besonders gut leiden, das ist traurig für mich. Ich glaube, sie zog Frederick vor.»

Luigi nahm sich zusammen, da Annabel jetzt aufgehört hatte, über nicht zur Sache gehörende Dinge zu reden.

Er stand auf und setzte sich wieder hin. «Annabel, die Kinderschwester hat gestern telegrafiert, daß sie nicht kommen will. Wahrscheinlich hält der Gedanke sie ab, sie könnte in einen Skandal verwickelt werden.»

«Zum Teufel mit ihr. Ich werde mir eine Sekretärin nehmen.»

«Ich werde mit Francesca reden. Sie wird alles veranlassen,

was du wünschst. Annabel, die Doktorstochter hat der Polizei erzählt, daß sie auf dem Fußboden des Badezimmers das Mädchen hat liegen sehen, als sie mit ihren Eltern bei dir war. Sie hat auch erzählt, daß überall zerbrochenes Glas herumlag und daß die junge Dame im Badezimmer zwischen einer Menge Flaschen schlief.»

«Warum hat sie es uns die ganze Zeit nicht gesagt? Wir hätten viel eher etwas tun können. Sie ist ein widerwärtiges Kind. Sie lügt. Diese Sanya – Danya – hat nicht hereinkommen können, während ich da war.»

«War da nicht eine Party?»

«Ja, aber das habe ich abgeleugnet.»

«Aber Danya hast du nicht gesehen?»

«Doch. Aber ich hatte sie völlig vergessen. Ich sah sie während der Party, als ich beinahe wahnsinnig wurde. Sie lag auf dem Boden und blieb offensichtlich die ganze Nacht dort, aber ich habe es natürlich vergessen, als der Doktor und seine Frau und dieses entsetzliche Kind kamen.»

«Sie erzählten dir dann, was mit Frederick geschehen war, nicht wahr?»

«Der Doktor sagte mir, was er getan hatte. Frederick war nichts geschehen, er hat Selbstmord begangen.»

«Nun, es kommt auf das gleiche hinaus.»

«Nein, das tut es nicht.»

Da merkte er, daß sie versuchte, möglichst präzise zu denken, damit der Strudel sie nicht fortriß. Er sagte: «Es war nur zu verständlich, Annabel, daß du das Mädchen auf dem Boden vergessen hast, als du das von deinem Mann hörtest. Niemand würde etwas anderes erwarten.»

«Ich ging mit dem Doktor weg, um Frederick zu identifizieren», sagte sie.

«Ich weiß», antwortete er. «Das ist ganz klar. Aber warum nennst du das Kind eine Lügnerin?»

«Weil es etwas gegen mich vorbringen will», sagte Annabel. «Dieses Kind ist ein Schwein und ein Vieh.»

«Ein Schwein ist aber doch ein Vieh, oder nicht? Du gebrauchst die beiden Wörter falsch.» Er nahm ihre Hand und sagte: «Du solltest dich auf der Stelle in ein Krankenhaus begeben und eine Woche dort bleiben. Komm morgen nur zu der gerichtlichen Untersuchung, wenn es verlangt wird. Man will nur die Todesursache feststellen, das ist alles.»

«Ich werde ableugnen, daß ich das Mädchen jemals in meiner Wohnung gesehen habe», sagte Annabel. «Das ist das einfachste. Alles ableugnen. Ableugnen, daß unter Fredericks Papieren irgendwelche Briefe gewesen sind. Ableugnen, daß es Selbstmord war – er war einfach durcheinander und fiel, war durcheinander von den Weibern, die ihm nachstellten. Jede Orgie ableugnen. Tatsächlich gab es ja auch keine richtige Orgie, nur einen Überfall und eine üble Bande. Hast du irgend etwas von Fredericks Mädchen gehört? Sie heißt Marina. Billy kennt ihren Nachnamen und weiß, wo sie wohnt.»

«Sie scheint sich still zu verhalten.»

«Sie wird sich nicht lange still verhalten.»

«Woher weißt du das?»

«Jemand von der Presse wird ihr einen Haufen Geld für die Geschichte ihrer Liebesaffäre bezahlen. Ich hoffe, sie tun das. Das wird dieser Orgiengeschichte ein Ende machen, und statt dessen wird man eine Geschichte über Frederick bringen, wie er davon verrückt wurde, daß die Weiber so hinter ihm her waren. Sie haben ihn gejagt – über die Gerüste in der Kirche.»

«Der Orgiengeschichte ein Ende machen? Wie willst du die Fluten des Meeres aufhalten?»

«Haben die Zeitungen die Sache schon aufgegriffen? Die Abendzeitungen?»

«Da ist dieser Reporter Kurt», sagte Luigi. «Dieser lange Mensch. Er wollte vom Krankenhaus und von der Polizei eine Geschichte über Danya. Ich nehme an, er hat sie bekommen.»

«Francesca hätte das verhindern müssen.»

«Und ich meine», sagte Luigi, «daß du jetzt verreisen mußt, Annabel. Und», fuhr er fort in dem Versuch, ihren

Starrsinn zu brechen, «daß du dann ein neues Image finden solltest, und . . .»

«Nein, ich werde mein Image retten. Ich muß an mein Baby denken. Wie könnte ich privat ein wildes Frauenzimmer werden, nachdem ich die Art Ehefrau war, die ich gewesen bin?»

«Du solltest alles Vergangene vergessen. Das Zerbrochene wieder zusammensetzen und weitermachen, irgendwo anders weitermachen – so wie du vorhin gesagt hast, das sei die beste Art zu verzeihen. Du solltest . . .»

«Sag Francesca, sie soll meinen Besuch im Krankenhaus heute nachmittag vorbereiten. Ich hätte gern einen Strauß gelber Rosen, der so aussieht, als sei er frisch im Garten gepflückt und nicht im Laden gekauft worden. Nicht zu groß, so daß ich ihn leicht tragen kann. Setz dich mit Billy zusammen und sag ihm, er soll noch mehr Mädchen aufspüren, die in Frederick verliebt waren – und sag Francesca, sie soll ein *en-face*-Foto von diesem Schweinekind machen lassen. Ich werde den Doktor anrufen und ihn dazu überreden, zuzugeben, daß die Phantasie mit seiner Tochter durchgegangen ist. Falls das nicht klappt, wird jemand von den Nachbarn sagen müssen, daß das Kind überspannt war – *nervosa*. Ich werde mir kein neues Image aufbauen. Ich bin der verwitwete Lady-Tiger oder gar nichts.»

«Du mußt doch in Wirklichkeit gar kein wildes Frauenzimmer sein», sagte Luigi. «Nur auf Parties mußt du dich sehen lassen.»

«Orgien. Damit Fredericks Geschichte stimmt.»

«Nein. Aber damit es wirklich ein Bild wird, mußt du ein bißchen daran arbeiten. Schließlich amüsierst du dich doch gern, Annabel, oder nicht? Würdest du dich nicht gern ab und zu ein bißchen amüsieren und dich dabei fotografieren lassen?»

«Nein, ganz aufrichtig – ich amüsiere mich nicht gern. An der Geschichte, daß ich eine Tigerfrau bin, mit Frederick im Bett und so – daran war nichts Schlimmes, weil alles innerhalb unserer Ehe zu bleiben schien. Schließlich waren wir verheiratet. Aber in Wirklichkeit – in Wirklichkeit mag ich keinen Tiger-Sex. Ich habe mein Sexualleben gern unter der Bettdecke, im Dunkeln, am Samstagabend. Mit einem Nachthemd an. Ich weiß, das ist verklemmt, aber so habe ich es nun einmal gern.»

«Genau wie meine Frau», sagte Luigi zu der Zimmerdecke. Seine Stimme klang entmutigt.

«Und ich habe es nicht gern verkehrt herum», sagte sie.

«Ja, ja», sagte Luigi.

«Und ich will nicht von einem schlechten Ruf leben», sagte sie. «Auch nicht für irgendeine Filmkarriere. Ich will nicht. Entweder bin ich der verwitwete Lady-Tiger, deren Mann verrückt wurde, weil die Weiber hinter ihm her waren – oder gar nichts. Ich kann dann nach einer Weile wieder heiraten. Es gibt schließlich auch noch Carl. Mach die Tür auf.» Sie lief selber hin und öffnete sie.

Luigi blickte wieder auf das Drehbuch. «Möglicherweise können wir mit den Aufnahmen anfangen», sagte er. «Möglicherweise.»

Die Schwester kam herein, zog mit der einen Hand den zusammenklappbaren Kinderwagen hinter sich her und trug auf dem anderen Arm das Baby.

7

Bis zum Sonntagmorgen hatten außer den Ärzten auch drei Krankenschwestern Danya Lutyens erklären hören, sie sei in Annabels verstorbenen Mann verliebt gewesen. Die Leute im Krankenhaus waren davon um so mehr überzeugt, als sie den neuesten Enthüllungen entnahmen, daß andere Frauen den Engländer, diesen Ehemann einer berühmten Ehe, verfolgt und in den Tod getrieben hatten.

Francesca war in Ostia ausfindig gemacht und noch vor dem

Essen nach Rom zurückgebracht worden. Sie war nicht mit dem Herzen bei der Aufgabe, Annabels Image zu retten; trotzdem konzentrierte sie sich darauf. Sie übergab der italienischen Presse Informationen oder streute sie vielmehr in der attraktiven Form von Gerüchten aus: vor, während und nach dem Essen; und jetzt waren die Neuigkeiten im ganzen Krankenhaus verbreitet, wo sich Reporter geschwätzig jedem näherten, der kam und ging – Schwestern, Ärzten, Angestellten und Besuchern. Sie stellten mit Information gespickte Fragen in der Hoffnung, neue und noch interessantere Dinge zu erfahren: «Haben Sie Danya gesehen? Ist sie noch in Frederick Christopher verliebt? Weiß sie, daß er tot ist? Macht sie sich das klar? Hat sie von anderen Frauen gesprochen, von ihren Rivalinnen, die ihn in die Kirche gejagt haben? Ja, das stimmt, es gab ein paar Frauen – drei oder vier, ich weiß es nicht genau –, eine von ihnen hat ihn über das Gerüst gejagt, und er wollte ihr entkommen. Sie trug einen Bikini. Was sagt Danya? Weiß sie, daß ihre Eltern kommen? Weiß sie, daß Annabel sie besuchen will? Dankbar? Sie hat wirklich gesagt, sie ist dankbar? Wem? Dem Krankenhaus? Italien? Hat sie gesagt, sie ist Annabel Christopher dankbar? Und was noch?

Die meisten Reporter waren zum Essen gegangen, als Danyas Eltern, direkt vom Flughafen kommend, eintrafen, und die wenigen, die dageblieben waren, mußten mit rasch geschossenen Fotos des Paars zufrieden sein. Es wurde von einem jungen, alerten Mann begleitet, wahrscheinlich dem amerikanischen Konsul. Die drei wurden unter Polizeischutz eilig in das Gebäude gebracht. Die Polizei war eben gekommen, alarmiert von der Nachricht, vor dem Krankenhaus habe sich eine Menschenmenge angesammelt. Ein ganzes Aufgebot von Polizisten stand herum, als Annabel um halb vier ankam. Reporter und Kameraleute waren wieder in voller Stärke versammelt. Sonntagsspaziergänger gesellten sich zu der Menge der Zeitungsleute und Polizisten, als Annabels Wagen vorfuhr.

Als sie aus dem Wagen stieg, schlug sie ihren schwarzen

Schleier zurück. Sie trug einen kleinen Strauß gelber Rosen. Niemand begleitete sie.

«Warum besuchen Sie Danya, Annabel? – Annabel, Mrs. Christopher, kannten Sie das Mädchen schon? – Wußten Sie, daß sie Ihrem Mann nachlief? Hatten die beiden etwas miteinander? Wie ertragen Sie das alles, Mrs. Christopher? – Können Sie uns etwas über die anderen Mädchen sagen? – Wissen Sie ihre Namen? – Was war mit der Orgie?»

Sie lächelte leicht und blickte die geduldigen Polizisten an und die Reporter, die sich hinter ihnen drängten – und hinter ihnen die Menge von Menschen, zu denen sich noch weitere gesellten: Angestellte aus den umliegenden Läden, Frauen, die ihre Schürzen anhatten und über die Straße herbeigeeilt waren. Sie war oft von Passanten auf der Straße erkannt, aber noch nie von einer richtigen Menge bedrängt worden. Annabel bemerkte, daß die Presseleute vorwiegend Italiener waren; sie vergaß nicht, zu den Krankenhausfenstern hinaufzublicken, wo sich fast überall neugierige Köpfe drängten. Sie lächelte auch ihnen traurig zu. Sie blickte um sich, lächelte, wie eine ihres Mannes beraubte Mutter auf die ihr verbliebenen Kinder hinablächelt, und sprach mit ihrem raschen, abgehackten Akzent: «Ich besuche die arme Danya», sagte sie auf italienisch, «weil ich ihr verzeihe. Die einzige Orgie war die, die sie sich selber angerichtet hat. Die anderen Frauen . . .» Sie blickte einen Moment lang auf die Blumen, dann warf sie tapfer ihren Kopf zurück. «Ich vergebe den anderen Frauen. Und ich vergebe auch der einen, die meinen Mann in den Tod getrieben hat. Mein Mann starb den Tod eines Märtyrers, in einer Kirche der Märtyrer. Ich vergebe denen, die für seinen Tod verantwortlich sind.»

Sie bedeckte ihr Gesicht mit dem zarten Schleier. Ein teilnehmendes «Ah-ah-ah» kam von den Frauen in den hinteren Reihen. Die Kameras schnurrten. Sie betrat das Krankenhaus, in das man sie vor zwei Tagen gebracht hatte, um Fredericks Leiche zu identifizieren.

«Du warst wunderbar», sagte Luigi später, nachdem er im Abendprogramm des Fernsehens die Aufnahmen gesehen hatte.

Aber inzwischen hatte Annabel zwanzig Minuten an Danyas Bett verbracht.

«Ich bin dankbar», hatte Danya mit schwacher Stimme und einem verwirrten Lächeln gesagt und dann die Augen geschlossen.

Die Mutter des Mädchens, blaß von den Anstrengungen der Luftreise und von der ausgestandenen Angst, aber hübscher und schlanker als die bewußtlose Tochter im Krankenbett, wandte sich betont wohlwollend an die Krankenschwester und sagte: «Sie sagt, sie ist Ihnen dankbar. Wir sind es auch. Wir sind . . .» Sie merkte, daß die Schwester kein Englisch verstand. Annabel, die in ihrem schwarzen Schleier neben dem auf der Bettdecke liegenden Strauß gelber Rosen stand, übersetzte.

Die Schwester erklärte Annabel, daß das Mädchen dauernd sagte, sie sei dankbar. Annabel übersetzte das geduldig für die Mutter, die in einer plötzlichen Eingebung sagte: «Ach ja, ihr Analytiker hat ihr nahegelegt, daß sie das immer sagen soll. Sie war zu Hause in Behandlung, und ich erinnere mich, daß sie immer sagte, ‹ich bin dankbar›, wenn wir sie fragten. wie es ihr gehe und wie sie in New York vorankomme – damals, als sie sich selbständig machte und sich eine eigene Wohnung nahm –, sie sagte dauernd: ‹Ich bin dankbar.› Uns schien das irgendwie nicht normal.»

Das Mädchen öffnete die Augen. Ein Mann mittleren Alters, doch mit vielen Falten im Gesicht, wurde von einem Arzt in weißem Kittel in das Zimmer gebracht. Der Mann sah niedergeschlagen aus, was bei ihm aber offensichtlich kein Dauerzustand war. Es war der Vater des Mädchens. Er sagte zu seiner Frau: «Der Doktor glaubt, sie ist außer Gefahr. Ein wunderbarer Mann. Das ist ein wunderbares Hospital.» Er nahm die Hand seiner Tochter und fragte: «Wie geht es dir, mein Süßes?», erwartete im Grunde aber keine Antwort.

«Ich bin dankbar», sagte sie.

Inzwischen war er Annabel vorgestellt worden und entschuldigte sich bei ihr für das Benehmen seiner Tochter. Beide Eltern waren sehr darauf aus, sich von der Schuld ihrer Tochter zu distanzieren. Sie waren entschlossen, jedermann als Erklärung zu sagen, daß das Mädchen wegen seines geistigen Zustands in Behandlung gewesen war – und so die Sache über einen Vorwurf wegen schlechter Erziehung oder sonst einen Tadel hinauszuheben. Annabel fand diesen Standpunkt beruhigend. Als sie beim Weggehen gefragt wurde, was das Mädchen gesagt habe, antwortete Annabel erst auf italienisch und dann auf englisch: «Sie sagte, sie ist dankbar. Ich bin glücklich darüber.»

Beide Eltern äußerten ihre Zustimmung und betrachteten Annabel mit freundlicher Hochachtung; der Vater klopfte ihr sanft auf die Schulter.

Annabel weigerte sich, weitere Fragen zu beantworten, und zog den Schleier vor das Gesicht. Die Menge, an ihre junge Witwenschaft erinnert, wurde still und verharrte ruhig. Die Reporter versuchten, die stämmigen Gestalten der Polizisten mit Fragen und Kameras beiseite zu drängen; aber Annabel machte einem der Polizisten ein Zeichen, worauf drei von ihnen ihr einen Weg zum Bordstein bahnten, wo ihr Wagen vorfuhr. Einer der Polizisten sagte ihr auf diesem kurzen Stückchen Weg, er habe die Engländer sehr gern und sei als Kriegsgefangener in Ackerly gewesen, in der Nähe von Blackburn. Annabel sagte, sie sei erfreut, das zu hören, und drehte sich um, um den Eltern des Mädchens, die ihr folgten, die Hand hinzustrecken; der junge Mann im blauen Anzug begleitete das Paar jetzt wieder.

«Ich hoffe, wir sehen Sie noch einmal», sagte die Mutter. «Wie lange bleiben Sie in Rom?»

«Wahrscheinlich reise ich morgen ab, nach dem Begräbnis meines Mannes», sagte sie. «Mit meinem Baby.»

«O ja, natürlich. Meine Liebe . . .»

Als sie im Hotel den Lift betrat, stieg ein junges Mädchen mit leuchtendschwarzem, kurzgeschnittenem Haar mit ein. Zwischen dem ersten und sechsten Stock sagte das Mädchen: »Signora!»

Annabel sah sie an.

«Ich bin Marina», sagte das Mädchen.

«Marina?»

«Die Freundin Ihres Mannes. Ich habe überall versucht, Sie zu erreichen, hier beim Empfang und telefonisch. Ich konnte Ihnen keinen Brief schreiben, es ist eine zu private Angelegenheit.»

Annabel sagte: «Ich glaube nicht, daß ich Sie jetzt gleich empfangen kann.» Der Lift hielt, und die Türen öffneten sich. «Ich muß mich um mein Baby kümmern.»

Doch das Mädchen folgte Annabel und sprach ruhig und keineswegs hastig auf sie ein, so als wolle sie ihre eigenen Nerven beruhigen. Sie versuchte ihre Handtasche zu öffnen, während sie redend neben Annabel den Korridor entlangging. Ihre Hände zitterten. Sie sagte: «Er hat mir einen Brief geschickt, den ich am Abend bekam, als er starb. Es ist ein schrecklicher Brief, kein Mann sollte so über seine Frau schreiben, lauter Anklagen gegen Sie, ich verstehe das nicht, und . . .»

«Kommen Sie herein», sagte Annabel, «und setzen Sie sich.»

Annabel ging in das Nebenzimmer. Die Jalousien waren herabgelassen. Das Baby in seinem Bettchen lag noch tief im Nachmittagsschlaf, das Kindermädchen saß da und nähte trotz des Dämmerlichts, was nur italienische Frauen fertigbringen.

«Ich werde ihn in einer halben Stunde wecken», sagte Annabel. «Lassen Sie inzwischen seine Sachen bügeln. Ich habe einiges mit meiner Sekretärin zu besprechen; Sie brauchen vor sechs nicht wieder hier zu sein.»

Das Kindermädchen sagte, ohne mit Nähen aufzuhören, die Sachen des Babys seien bereits gebügelt, das Mädchen in der Hotelwäscherei hätte es gleich morgens gemacht. Offensichtlich wollte sie sitzen bleiben, um über die eben angekommene und für sie unsichtbare Person zu erfahren, was sie nur konnte.

«Sind Sie in der Kirche gewesen? Müßten Sie nicht zur Abendmesse gehen?»

«Vor halb sieben ist keine Messe. Wenn ich um diese Zeit komme, um das Baby zu baden, gehe ich nicht zur Messe. Das macht nichts.»

Achtlos nahm Annabel ihren Schleier ab und warf ihn auf das Bett. Ebenso achtlos sagte sie: «Na schön. Brauchen Sie kein Licht zum Nähen?»

«Das würde ihn aufwecken.»

Annabel ging zurück in das Wohnzimmer und schloß ruhig die Verbindungstür.

Sie fragte: »Sprechen Sie Englisch?»

«Nein», sagte das Mädchen, aber sie warf mit ihren hübschen Augen einen Blick auf das Nebenzimmer, der andeuten sollte, daß sie sich der Anwesenheit des Kindermädchens, das nicht im geringsten geneigt war zu gehen, sehr wohl bewußt war. Sie richtete ihren Blick zur Decke, um auszudrücken, daß das Leben nun einmal so sei. Ihre Handtasche war geöffnet. Sie gab Annabel den Brief.

«Sollten irgendwelche Rechnungen zu begleichen sein», sagte Annabel mit normaler Lautstärke, «so wird mein Anwalt das erledigen. Er kommt morgen früh hier an. Setzen Sie sich.»

«Da gibt es nichts zu begleichen», sagte das Mädchen etwas zu laut in Richtung des Nebenzimmers.

«Oh, sehr schön. Sprechen Sie etwas leiser, Marina, damit Sie das Baby nicht aufwecken. Was die Rechnungen für die Beerdigung angeht, so wird mein Anwalt sich darum kümmern.» Während sie sprach, las Annabel den Brief. Und als sie sich der zweiten Seite zuwendete, sagte Marina in dem gleichen gezügelten Tonfall wie die erfahrene Schauspielerin vor ihr: «Ich werde es notieren. Wissen Sie, wer sich um die Beerdigung kümmert, Signora?»

«Mr. O'Brien und Signor Leopardi haben alles erledigt. Sie

findet um drei Uhr nachmittags statt. Die gerichtliche Untersuchung ist um elf. Auf der Questura.»

«O ja, natürlich. Werden Sie mich dort brauchen?»

«Nein», sagte Annabel. «Ganz unnötig. Lassen Sie mich einmal sehen – was soll das Gerede von einer Party –, natürlich kann ich in einem solchen Moment nicht zu einer Party gehen. Sie müssen den Verstand verloren haben.»

«Der Meinung bin ich auch. Die müssen verrückt sein, Ihnen das über Parties zu schreiben.»

«Sie haben offensichtlich die Zeitungen nicht gelesen. Selbst als mein Mann noch lebte, hatte ich mit meinen Filmen oder mit meinem Baby immer viel zuviel zu tun, um auf Parties zu gehen. Hin und wieder – aber keine großen.» Annabel las gerade Fredericks Anschuldigungen, daß sie immer auf «Nacktorgien» zu finden sei. Sie sagte: «Ich hasse diese Parties an Swimmingpools, wo alle mit kaum etwas an herumlaufen.» Dann bewegte Annabel raschelnd die Briefbogen und sagte: «Und dieser Brief hier – haben Sie eine Kopie davon gemacht?»

«Nein. Wollten Sie eine Kopie?»

«Es ist nicht nötig, wenn ich den hier behalten kann. Mein Anwalt wird es Ihnen sagen, wenn er von irgend etwas Kopien wünscht. Und was ist mit den anderen Papieren?» Annabel deutete auf den Aschenbecher auf dem Tisch zwischen ihnen.

«Damit ist alles erledigt, Signora.»

«Gut. Das ist dann alles. Sehr freundlich von Ihnen, heute am Sonntag zu kommen.»

«Keine Ursache – jetzt, wo Sie es so schwer haben ...»

Annabel ging zu der Tür, die auf den Korridor führte, und öffnete sie. «Sie wissen, wo der Lift ist», sagte sie. «Benachrichtigen Sie mich, wenn noch irgend etwas ist. Sie können mich oder Signor Leopardi anrufen. Auf Wiedersehen.»

«Auf Wiedersehen.» Das Mädchen sah unglücklich aus, doch sie fürchtete zu sehr das Ohr hinter der anderen Tür, um weitere Worte zu verlieren. Sie hatte sich zum Gehen gewandt, und die Tür hatte sich geschlossen, war aber nicht eingeklinkt, als Annabel sie geschickt wieder öffnete und sagte, während sie ihr nach draußen folgte: «Oh, da ist noch eine Sache . . .» Annabel hielt das Mädchen am Arm und ging mit ihr den Korridor hinunter in Richtung des Lifts: «Gehen Sie in meine Wohnung, Sie haben ja die Schlüssel, nicht wahr, und . . .» Sie gingen weiter den Korridor entlang, bis sie außer Sicht und Hörweite waren.

«Ich war nie in meinem Leben auf einer Orgie», sagte Annabel.

Das Mädchen war plötzlich beredt und aufgeregt. «Verzeihen Sie mir», sagte sie zum Lady-Tiger. «Sie müssen mir verzeihen. Ich habe Ihren Mann geliebt, aber an diesem Brief sehe ich, daß er böse war. Ich habe ihm nie nachgestellt, Signora. Heute kam ein Reporter zu mir, der wollte meine Liebesgeschichte erfahren. Er sagte vieles und fragte, ob ich in der Kirche war, als Frederick getötet wurde, von den Damen verfolgt. Er sagte . . .»

«Schsch!» Annabel griff nach ihrem Arm und hielt einen Finger auf den Liftknopf. Die Gänge rechts und links vom Lift waren soweit leer, aber hinter jeder Tür konnte es einen unbekannten Faktor geben. «Beruhigen Sie sich. Es ist alles in Ordnung», sagte Annabel. Das Mädchen weinte, doch sie sah nun glücklicher aus, weil sie ein wenig teilhatte an dem Drama.

«Wer war der Reporter? Sprechen Sie leise.»

Marina sprach leise. «Ich weiß den Namen nicht. Ein großer, blonder Mann. Ein Deutscher.»

«Was haben Sie ihm gesagt?»

«Ich habe ihm gesagt, daß ich niemals auch nur in die Nähe der Kirche gekommen bin. Das ist die Wahrheit. Ich habe gesagt, ich sei eine Freundin von Mr. und Mrs. Christopher und hätte Sachen für den kleinen Jungen genäht.»

«Das haben Sie gut gemacht. Haben Sie ihm diesen Brief gezeigt?»

«Nein – o nein. Er bot mir Geld für die Geschichte meiner

Liebe – aber von diesem Brief war nicht die Rede. Ihr Mann muß verrückt gewesen sein. Nie hat er Dinge dieser Art mir gegenüber erwähnt.»

«Glauben Sie, er war verrückt?»

«Ja. Manchmal dachte ich das schon, wenn er das Leben für sein Leben verantwortlich machte.»

Eine Tür zum Korridor öffnete sich. Ein Paar mittleren Alters erschien, sie zupften ihre Abendkleidung zurecht und unterhielten sich darüber, ob die Temperatur gefallen sei. Der Mann knöpfte seinen Mantel zu, und die Frau legte eine weiße Wollstola von einem Arm auf den anderen. Sie kamen zum Lift.

«Abwärts?» fragte Annabel auf italienisch und drückte auf den Knopf. Sie konnten wirklich nicht gut aufwärts wollen, da dies das oberste Stockwerk war, aber weder bejahten sie, noch verneinten sie. Sie nickten freundlich nach unten. Sie verstanden kein Italienisch.

Der Lift kam. «Sie glauben mir und verzeihen mir?» fragte das Mädchen.

«Also auf Wiedersehen», sagte Annabel und schob das Mädchen hinter dem Paar in den Lift. Sie nickte dem Lift insgesamt freundlich zu. Die Türen schlossen sich.

Gegen Abend hatte sie die Orgiengeschichte mehr oder minder aus der Welt geschafft.

Das Baby schlief noch. Annabel ruhte sich aus und wartete auf Luigi, der mit ihr essen wollte. In der Zwischenzeit hatte sie Golly Mackintosh in Paris ausfindig gemacht, und sie probierte am Telefon ihre Version von Fredericks Tod an Golly aus – zum Teil, um sich selbst ein Gesamtbild für die gerichtliche Untersuchung am nächsten Tag zurechtzulegen.

«Am Ende», sagte Annabel, «jagten ihn diese Weiber tatsächlich in eine Kirche. Die Katakomben dort waren mit Gerüsten abgestützt, direkt über dem Erdinneren. Wir waren neulich zusammen dort. Ja, diese Mädchen waren hinter ihm her, eine hinter der anderen. Schließlich jagte ihn eine geradewegs über die Brüstung. Eine andere schlich sich in unsere neue Wohnung und machte dort einen Selbstmordversuch, weil sie verliebt in ihn war. Meine Liebe, ich bin ganz krank davon.»

«Was ist das für ein Gerede über eine Orgie in deiner Wohnung?» fragte Golly. «Und über ein amerikanisches Mädchen, das Drogen nahm, und über ein kleines Mädchen, das die Leiche in einem Kleiderschrank fand?»

«Im Kleiderschrank? Steht das in den Pariser Zeitungen?»

«Ja.»

«In welcher Zeitung? Wie konnte das in die französischen Sonntagsblätter kommen? Die Sache kam hier erst heute hoch. Wie heißt die Zeitung?»

«Ich hab's vergessen. Ich habe sie oben gelassen. Ich bin unten in der Halle – Annabel?»

«Ja.»

«Wenn ich du wäre, würde ich alles stehen und liegen lassen und verschwinden.»

«Warum?»

«Ach, ich weiß nicht. Komm hierher zu mir, und wir gehen eine Zeitlang irgendwohin in die Schweiz. Ich kenne ein paar Leute in Lausanne mit Swimmingpool. Sie wären entzückt von dir, und du wärst entzückt von ihnen.»

«Ich brauche keinen Swimmingpool. Ich habe das Mädchen heute besucht. Es hat mich schreckliche Überwindung gekostet, aber ich habe es hinter mich gebracht.»

«Welches Mädchen?»

«Das amerikanische. Danya Lutyens. Das mit den Tabletten in meinem Badezimmer.»

«Lutyens! – Ich glaube, ich kenne die Eltern, die Familie, wenn es die aus Nantucket sind. Sie haben auch eine Wohnung in der 66th Street. Wie buchstabiert sich der Name?»

«Ich habe keine Ahnung. Sie waren auch im Krankenhaus.»

«Was hat sie gesagt?»

«Sie sagte, sie sei dankbar.»

«Wie? Ich kann dich nicht verstehen. Wer war dankbar? Die Mutter . . .?»

«Du warst wunderbar», sagte Luigi, der kurz zuvor im Fernsehen ihre Ankunft vor dem Krankenhaus und die Abfahrt gesehen hatte. Er sagte: «Die Geschichte mit der Orgie ist tot. Jeder weiß jetzt, daß Frederick von Frauen in den Tod getrieben wurde. Bei der gerichtlichen Untersuchung wird keine Orgie erwähnt werden. Ich habe mich heute nachmittag mit Billy O'Brien getroffen. Er hat mir Namen und Adresse von Fredericks Marina gegeben.»

«Marina muß herausgehalten werden», sagte Annabel.

«Warum? Wir brauchen bei der gerichtlichen Untersuchung nicht zu sagen, daß sie Frederick in die Kirche gejagt hat. Das kann vorausgesetzt werden. Du brauchst nur ihren Namen zu nennen. Billy wird aussagen müssen, weil er der letzte seiner Freunde war, der ihn lebend gesehen hat. Er wird bestätigen, daß Marina eines von seinen Mädchen war. Alles übrige überlaß den Zeitungen.»

«Sie wird herausgehalten», sagte Annabel. «Ich habe es so mit ihr vereinbart.» Sie holte aus der Tiefe ihrer Handtasche ein Briefbündel, das Luigi als Fredericks Abschiedsbriefe erkannte.

Er sagte: «Du hast sie noch – du hast sie nicht vernichtet – du trägst sie mit dir herum?»

«Hier sind sie am sichersten. Wenn ich sie irgendwo anders lasse, könnten sie gefunden werden. Sobald die Banken morgen geöffnet haben, lasse ich sie von Tom in ein Schließfach legen.»

Tom war ihr Londoner Anwalt. Er würde morgen früh ankommen.

«Du kannst deine Handtasche verlieren. Sie könnte gestohlen werden.»

«Ich kann sowieso nicht ausgehen», sagte sie und blickte zu dem Fenster, von dem aus sie am Vormittag das Café mit den sorglosen, im Freien sitzenden jungen Leuten gesehen hatte.

«Selbst in normalen Zeiten werde ich erkannt und beobachtet. Niemand kann mir meine Tasche wegreißen.»

«Du solltest sie verbrennen», sagte Luigi. «Verbrenn diese Briefe und spül die Asche im Waschbecken weg. So macht man so etwas.»

«Ich glaube, ich möchte sie behalten. Außerdem will ich sie Tom zeigen. Du hast sie gesehen, Billy hat sie gesehen, und mein Anwalt muß sie auch sehen. Es kann hinterher alles mögliche Gerede geben, und wenn Tom etwas ableugnen soll, ist es besser, er weiß, was er ableugnet.»

«Gerede – was meinst du damit? Glaubst du, ich rede darüber?»

«O nein», sagte sie sehr höflich. «Ich meine natürlich Billy. Wenn eine Sache wie diese ausgestanden ist, ist die Versuchung groß, Freunden den wahren Sachverhalt zu erzählen. Fünf oder zehn Jahre später, meine ich.»

«Du bist sehr mißtrauisch, Annabel. Wie kannst du dir Gedanken darüber machen, was in fünf oder zehn Jahren sein wird, während du bereits morgen in Schwierigkeiten steckst: die gerichtliche Untersuchung – dann, wer weiß, die Möglichkeit, daß dein Image ruiniert wird. Vielleicht haben wir etwas übersehen. Wie kannst du da auf Jahre hinaus planen?»

«Du bist reichlich sprunghaft. Vor einem Augenblick hast du noch gesagt, die gerichtliche Untersuchung würde in Ordnung gehen und man brauchte sich darüber keine Gedanken zu machen.»

«Nun ja, vielleicht. Aber blick nicht zu viele Jahre voraus. Schauspieler sollten das nicht tun.»

«Ich muß für mein Baby Jahre voraus blicken.»

«Du solltest diese Briefe verbrennen und sie vergessen. Billy war so anständig, sie nicht fotokopieren zu lassen. Er hat es mir selbst gesagt, und ich glaube tatsächlich, daß ihm dieser Gedanke nie in den Sinn gekommen ist. Ich habe ihn wiederholt eindringlich darüber befragt. Hinterher habe ich mich dieser Fragen geschämt. Es war sehr anständig von

Billy, sie dir zu geben, ohne für sich selbst Kapital daraus zu schlagen.»

«Anständig? Was ist anständig daran, wenn man nicht unanständig ist?»

«Du kennst doch die Welt. Billy ist dir ein guter Freund, Annabel. Er hat Marinas Adresse aufgetrieben. Er kann ihren Namen vor Gericht erwähnen. Die Presse wird sie ausfindig machen. Sie kann nicht leugnen . . .»

«Warte einen Augenblick . . .» Annabel zog einen der Briefe aus dem Bündel. Sie faltete ihn auseinander. «Das ist ein neuer», sagte sie. Sie zeigte den Brief Luigi.

«Bist du sicher, daß sie keine Kopien gemacht hat?»

«O ja. Sie weiß wahrscheinlich nicht einmal, was Fotokopien sind. Sie weiß nur, daß da eine Geschichte im Umlauf ist, wie Frederick in die Kirche gejagt wurde, und sie sagt, sie war es nicht. Und sie war es auch nicht. Niemand hat das getan.»

«Hast du gesagt, du hältst ihren Namen heraus, wenn sie dir den Brief gibt?»

«Nicht direkt. Sie gab mir den Brief, weil sie glaubte, daß Frederick verrückt war. Daran lag mir. Wenn sie das denkt, werden es andere auch tun.»

«Nicht so ohne weiteres.»

«Mit diesen vielen Briefen? Selbst wenn das wahr wäre, was er über mich geschrieben hat – nur ein Verrückter würde damit überall hausieren gehen. Dieses Bündel Briefe ist in sich schon eine Krankengeschichte.»

Luigi dachte einen Augenblick nach. «Ich gebe zu, Verrücktheit wäre die einzige plausible Erklärung . . .»

«Und dann dieser Brief an seine Mutter, die schon lange tot ist», sagte Annabel.

«Ja, natürlich, dieser Brief könnte ein überzeugendes Dokument sein. Die italienischen Zeitungen würden ihn liebend gern publizieren. Gerade weil die Mutter tot ist. Wir lieben hier Briefe an Mütter, ob sie nun tot oder lebendig sind.» Er beugte sich vor, runzelte die Stirn und sagte ganz hart: «Diese

Briefe würden deine Filmkarriere mit einem Schlag vernichten. Du könntest nie mehr solche Filme mit mir machen. Später könntest du vielleicht in anderen Filmen wieder mitwirken; und dann wirst du ja auch älter, Mitte, Ende Dreißig – und wirst wahrscheinlich nicht mehr in solchen Rollen auftreten können. Und ich müßte mir einen neuen Star suchen, neu anfangen, gleich nächste Woche mit dem da.» Er deutete auf das Drehbuch, das auf einer Kommode neben dem Fenster lag.

Sie sagte: «Ich bin hungrig. Ich möchte etwas essen.»

«Tu das lieber nicht», antwortete er.

«Ich werde kein Brot, keine Kartoffeln oder Spaghetti essen», sagte sie. «Keine Bange, ich werde nicht zu dick für die Rolle.»

Er sagte mit milderer Stimme: «Mit ‹Tu das lieber nicht› meinte ich, daß du besser die Briefe nicht vor Gericht vorlegen solltest.»

«Ja, ich weiß, was du meintest. Ich möchte jetzt zu Abend essen.»

«Du solltest hier heraus. Wo willst du hingehen?»

«Die Kinderschwester ist für heute weg. Ich will das Baby nicht mit jemand anders allein lassen.» Sie blickte auf die Uhr. «Billy müßte bald hier sein. Er kann bleiben und mit uns essen, wenn du willst, und wir können die Geschichte für morgen abstimmen. Nur der Doktor und Billy und ich werden aussagen.»

Sie aßen schon, als Billy mit zwei Stunden Verspätung kam. Ein runder Tisch war hereingerollt worden. Es machte einige Schwierigkeiten, über das Haustelefon Essen für Billy zu bestellen; das Restaurant hatte schon geschlossen, und er mußte mit kaltem Kalbfleisch vorlieb nehmen, während er gern ein Steak gegessen hätte. Er war besonders liebenswürdig. Er trank von ihrem Wein und aß ein paar Stück Brot, während er auf sein Essen wartete.

Als ihm serviert worden war und der Kellner das Zimmer

verlassen hatte, hörte er, während er aß, Annabels Anweisungen zu. Marina sollte nicht erwähnt werden. Ja, damit war er einverstanden. Er wollte den Brief sehen, und sie zeigten ihn ihm. Irgendwie machte er einen Fettfleck darauf. Er sagte: «Du hast Glück gehabt, daß dir dieser Brief in die Hände gefallen ist, Glück, daß sie ihn nicht auf irgendeine Art für sich selbst genutzt hat. Er ist für sie ein Vermögen wert. Wenn wir sie als eine der Ursachen für Fredericks Selbstmord genannt hätten, hätte sie ihn vorzeigen und verkaufen können.» Dieser Gedanke schien ihm zu gefallen.

«Ein Reporter wollte ihre Geschichte von ihr haben. Ich glaube, es war dieser schreckliche Kurt.»

«Hat er den Brief gesehen?»

«Nein, o nein. Ich bin sicher, sie hat in allem die Wahrheit gesagt.»

«Du bist sicher, daß sie keine Fotokopie hat machen lassen?»

«Ich bin sicher.»

«Na ja, du hast eben Glück», sagte Billy, faltete den Brief mit dem Fettfleck wieder zusammen und schob ihn fahrig in Annabels Hand. «Das ist alles, was ich sagen kann – Glück.»

Luigi sagte auch, sie habe Glück. Dann sagte er: «Könnte es noch jemanden geben, dem Frederick geschrieben hat?»

«Könnte schon», sagte Billy. «Aber nicht sehr wahrscheinlich. Ich kenne alle Leute, die er kannte. Marina war die einzige, bei der ich den Verdacht hatte, er könnte ihr geschrieben haben. Mir hat sie nicht gesagt, daß sie einen Brief von ihm bekommen hat.»

«Oh, hast du sie besucht?» fragte Annabel.

«Nein, aber ich habe mit ihr telefoniert. Sie war kleinlaut und verängstigt. Sie sagte, sie wolle auf keinen Fall, daß ihre Familie Ärger hat. Sie sagte, einen Skandal würde ihre Mutter nicht überleben. Über diesen Brief hat sie nichts gesagt.»

«Ja, ja, wir haben eben Glück gehabt», sagte Luigi zerstreut, als ob er gelangweilt sei von dem Gespräch über ihr Glück und es beenden wolle. Zu Annabel sagte er, sein Anwalt werde zu ihrer Unterstützung bei der gerichtlichen Untersuchung zugegen sein, doch das sei mehr eine Formalität, denn sie brauche nur wenig zu sagen, brauche nur zu erklären, sie glaube nicht, ihr Mann habe Selbstmord begangen ... «Was du ja schon der Presse gesagt hast», sagte Luigi, «und es ist richtig, das dauernd zu wiederholen – und du sagst jetzt, du glaubst, dein Mann ist von so vielen Frauen gehetzt worden, daß er nicht wußte, was er tat.»

«Reichen Sie mir bitte den Wein», sagte Billy.

«Bleib dabei», sagte Luigi. «Wenn man dich fragt, ob du weißt, wer diese Frauen sind, dann sag, du kennst sie nicht und du verzeihst ihnen. Wenn sie das amerikanische Mädchen in deiner Wohnung und die Tabletten erwähnen, sag ebenfalls, du verzeihst ihr.» Dann sagte er: «Mir gefällt es überhaupt nicht, eine gerichtliche Untersuchung wie einen Film zu inszenieren.»

Billy sagte: «Überlassen Sie es mir.»

«Sie haben diesen Frauen nichts zu vergeben», sagte Luigi.

«Nein, und ich würde ihnen auch nicht vergeben.»

«Sie sagen nur, daß es eine ganze Menge gab.»

«Es ist wirklich kaum nötig», sagte Annabel, «daß Tom morgen kommt.»

«Nein», sagte Luigi. «Überhaupt nicht nötig. Er ist an keinem italienischen Gericht zugelassen. Mein Anwalt ist alles, was du bei der Verhandlung brauchst. Ich wollte ihn eigentlich mitbringen und dir vorstellen, aber er ist den ganzen Tag auf dem Land. Er wird dafür sorgen, daß du gut behandelt wirst und daß man dich nur ein paar Minuten lang vernimmt. Ich würde deinen Anwalt abbestellen, wenn ich du wäre. Ruf ihn an und bestell ihn ab. Wir brauchen ihn nicht. Die Orgiengeschichte ist tot. Endgültig. Es wäre etwas anderes, wenn man in aller Stille etwas mit der Presse aushandeln müßte, oder auch, wenn Marina Geld haben wollte. Bestell ihn ab.» Er zerkrümelte Brot mit den Fingerspitzen.

Billy sagte: «Nein, tu das nicht. Lassen Sie sie ihn nicht

abbestellen. Annabel muß sich um eine Menge Dinge kümmern – um die ganzen Manuskripte und um alles, was Frederick gehörte. Sie braucht ihren Anwalt. Vergessen Sie nicht, Luigi, sie steht plötzlich allein da und muß alle Angelegenheiten ihres Mannes regeln. Sie müssen daran denken, daß sie nur eine Frau ist. Sie ist nicht so zäh, wie Sie glauben.»

Annabel blickte durch das offene Fenster zu den Sternen hinauf.

8

Ihr Anwalt kam am Montagmorgen um halb zehn in das Hotel und wurde hinaufgeführt.

Sie sagte: «O Tom, du siehst in dieser Umgebung irgendwie ganz italienisch aus.» Er sah tatsächlich wie ein junger italienischer Anwalt aus, mager, dunkel, mit glänzendem Haar und scharfen Augen.

Er sagte: «Annabel – diese Briefe, die Frederick hinterlassen hat – ich kann nicht verstehen, wie er so etwas tun konnte. Ich habe niemals eine so finstere . . .»

«Was für Briefe? Woher weißt du davon?»

«Ein Mann hat mich auf dem Flughafen abgeholt – O'Brien. Er sagte . . .»

«Billy!» rief sie aus.

«Ja, er sagte, er sei ein Freund von dir und Frederick. Ich muß schon sagen, meiner Meinung nach reichlich geschmacklos, sich selbst als Freund zu bezeichnen!»

«Er hat dir von den Briefen erzählt?»

«Er zeigte mir Fotokopien – auf dem Weg vom Flughafen hierher. Er war mit dem Wagen gekommen, und der Kerl kam direkt auf mich zu, als ich eben durch den Zoll gegangen war, und sagte: ‹Mr. Escon!› – Ich sagte: ‹Ja?› – Er sagte: ‹Annabel hat mich gebeten, Sie abzuholen. Ich hab einen Wagen hier.›

Dann griff er einfach nach meinem Koffer. Mir gefiel sein Gesicht nicht und seine Art nicht und der Wagen auch nicht – das heißt, der Wagen war in Ordnung, ein kleiner englischer Austin, aber irgendwie schien der Mann nicht dein Stil zu sein. Und ich sagte: ‹Vielen Dank, ich nehme lieber ein Taxi. Ich muß einige Papiere durchsehen.› Und ich nahm meinen Koffer wieder an mich und bat den Träger, mir ein Taxi zu besorgen. Trotzdem wich der Mann nicht von meiner Seite. Ich war ziemlich sicher, der will Geld – man bekommt ein Gefühl für solche Burschen. Er sagte, er müsse mich in deinem Interesse unbedingt vor der gerichtlichen Untersuchung sprechen. Ich ließ ihn zu mir ins Taxi steigen. Seinen Wagen ließ er einfach dort stehen. Dann holte er die Briefe heraus.»

«Wie viele?»

«Vier.»

«Er muß sie noch in der selben Nacht haben fotokopieren lassen, in der Frederick starb. Er hat das Gegenteil beschworen. Ich dachte, ich tue ihm leid – wirklich, das habe ich gedacht. Er war schrecklich nett. Und gestern abend hier – schrecklich nett.»

«Er hat dich betrogen.»

«Ich weiß.»

«Er bemerkte beiläufig, du brauchtest von den Kopien ja nichts zu erfahren. Ich sagte ihm, natürlich müßtest du das. Schließlich könnten die Briefe ja gefälscht sein.»

«Ich habe die Originale dieser Briefe», sagte sie. «Frederick hat sie tatsächlich geschrieben. Einen an mich, einen an Billy, einen an seine Mutter, die tot ist, einen an Carl. Und einen hat er auch an seine Mätresse Marina geschrieben, aber den hat Billy nicht in die Hand bekommen, sondern ich.» Sie hatte sich hingesetzt, um Toms Hiobsbotschaft zu verkraften. Sie sah ganz krank aus.

«Tom», sagte sie, «du zahlst ihm nichts. Nichts.»

«Du wirst zahlen müssen», sagte er. «Ich finde, du mußt. Er sagt, wenn du nicht zahlst, wird er die Briefe bei der gerichtlichen Untersuchung vorzeigen. Wir haben nur noch eine Stunde.»

Sie fing laut an zu weinen, ohne Rücksicht auf das Kindermädchen im Nebenzimmer, die das Baby für Annabel zurechtmachte. Annabel schrie: «Wieviel will er denn? Wieviel?»

Tom Escon ging durch die offene Tür ins Nebenzimmer und nahm dem Kindermädchen das Baby ab. Er kitzelte es, bis es lachte.

Annabel kam ihm nach und sagte mit ruhiger Stimme: «Wieviel will er haben? – Das Mädchen versteht kein Englisch.»

Tom nahm das Baby mit ans Fenster. Das Mädchen war bereit, es auszufahren. Sie hatte die Szene mit wachsamen Augen beobachtet. Jetzt murmelte sie irgend etwas Freundliches zu Annabel und fügte hinzu, die Signora werde sich besser fühlen, wenn das Begräbnis erst vorüber sei. Annabel riß sich zusammen und setzte das Baby in seinen Wagen. Sie winkte ihm nach.

«Kinder verstehen oft mehr, als man denkt», sagte Tom. «Man sollte vorsichtig sein mit dem, was man vor ihnen sagt, ganz gleich, wie klein sie sind.»

«Ich weiß», sagte sie. «Es ist wie bei Leuten, die eine andere Sprache sprechen. Dieses Kindermädchen weiß vielleicht mehr, als ich denke.»

«Babies verstehen weniger, als daß sie Geräusche registrieren», sagte er. «Daran erinnern sie sich hinterher irgendwie. Jedenfalls ist das meine Theorie. Ich bin bei meinen beiden immer sehr vorsichtig mit Äußerungen.»

Annabel sagte: «Ich werde die Briefe nicht kaufen, bestimmt nicht.»

«Nun hör mal zu», sagte er, «ich möchte dir, solange du noch so aufgeregt bist, nicht sagen, wieviel er verlangt. Aber sie sind das Geld wert. Ich habe gestern abend mit deinem Luigi Leopardi telefoniert. Natürlich wußte er nicht, daß die Briefe kopiert worden sind, aber er sagte, sie würden deinen Ruf ruinieren, einerlei, welche Erklärung wir hinterher abgeben.»

Sie sagte: «Der Preis? Wieviel?»

Er sagte: «Hoch. Sehr hoch. Aber du kannst es dir leisten.»

Sie sagte: «Und weitere Kopien – was ist mit weiteren Kopien?»

Er sagte: «Wir könnten uns eine Erklärung von ihm geben lassen. Ein zweites Mal könnte er es nicht probieren. Er scheint zu wissen, wie man das handhaben muß, ohne mit dem Gesetz in Konflikt zu geraten. Das wissen sie alle. Jedenfalls habe ich zugestimmt zu zahlen, Annabel. Ich werde mich nach der gerichtlichen Untersuchung mit ihm treffen. Ich bin froh, daß ich mich noch duschen konnte, nachdem ich den ganzen Weg vom Flugplatz bis hierher zusammen mit ihm in einem Taxi saß.»

Sie sagte: «Ich kann es noch immer nicht glauben.»

«Du mußt jetzt gleich einen Schuldschein unterschreiben. Den will er unmittelbar nach der Untersuchung sicher in der Tasche haben, oder er übergibt die Briefe der Presse.»

«Aha!»

Tom umarmte und küßte sie und sagte: «Kopf hoch!»

Sie fragte: «Um wieviel Uhr hast du gestern abend mit Luigi gesprochen?»

«Oh, sehr spät. Nach elf. Nach römischer Zeit muß es nach Mitternacht gewesen sein. Er sagte, er habe eben mit dir zu Abend gegessen.»

«Er geht kein Risiko ein. Was hat er gesagt?»

«Oh, er war sehr geschäftsmäßig. Er sprach kurz über die Möglichkeit eines Skandals – er war sehr darauf bedacht, am Telefon nicht in die Details zu gehen –, aber er wollte, daß ich dir eines klarmache: es gibt für dich im Filmgeschäft nichts mehr zu holen, falls es dir nicht gelingt, dein Image zu retten. Darauf bist du aufgebaut, damit kannst du fallen. Es ist wirklich brutal. Es tut mir leid, daß du soviel Schreckliches durchmachen mußt. Aber es geht nur um Geld, es geht schließlich nur um Geld. Wir müssen O'Brien in aller Form bezahlen, so als handle es sich um irgendeine berufliche Angelegenheit. Von unserer Seite aus gesehen, ist das alles ganz legal.»

«Ja», sagte Annabel, «es fanden sich unter seinen Papieren einige persönliche Botschaften. Vier Briefe. Ich habe sie hier.» Sie öffnete ihre Handtasche und zog die vier Briefe heraus. Marinas Brief hatte sie vernichtet, bevor sie zum Gericht gegangen war. Sie blickte zu Billy hinüber und war sich nur vage der Unruhe bewußt, die sich in dem überfüllten Raum erhoben hatte. Die Fenster standen weit offen, man sah draußen das frische Grün der Bäume.

Sie hatte Billy gesehen, als sie aufgerufen wurde. Sie hatte zu ihm hinübergeblickt und hatte gelächelt und hatte ihm zugenickt mit dem zarten Spott desjenigen, der dem anderen erfolgreich einen Streich gespielt hat und nun erwartet, daß das Opfer es gelassen hinnimmt. Jetzt, als die tiefe Stimme des Richters über das Geräusch der allgemeinen Aufregung hinwegtönte, blickte sie ihn wieder an. Selbst als sie spürte, daß die Briefe ihr aus der Hand genommen wurden, blickte sie Billy an, begierig, sich nicht die kleinste Veränderung seines Gesichtsausdrucks entgehen zu lassen. Er starrte auf die Briefe, wie er auf den weißen Ballon vor dem Hotelfenster gestarrt hatte, an dem Abend nach Fredericks Tod. Irgend etwas fehlte, denn diesmal schrie er nicht; aber sie erkannte die Stellung seiner Lippen wieder und das Starren.

Das Publikum wurde vom Richter zur Ordnung gerufen. Annabel wurde gefragt, wo sie die Briefe gefunden habe. Sie sagte: «Ich weiß nicht, wo sie herkamen. Sie wurden mir geöffnet zugeschickt, so wie sie jetzt sind ...»

«Ist es die Handschrift Ihres Mannes?»

«Ja, ich glaube», sagte sie.

Luigis Anwalt sprach hastig auf den Richter ein und gestikulierte mit den Händen.

Der Richter gab bekannt, die Verhandlung müsse wegen dieser unerwarteten Beweisstücke unterbrochen werden.

Sie sagte: «Ich möchte erklären, daß nichts von dem wahr ist, dessen mich mein Mann in diesen Briefen beschuldigt. Er war geisteskrank.»

Der Richter sagte, das habe er zu entscheiden, und das Gericht vertagte die Verhandlung auf den Nachmittag.

Sie war auf dem Flughafen und wartete auf die Maschine nach Griechenland.

«Warum hast du das getan?» hatte Tom gefragt, als sie wieder in Annabels Hotelzimmer waren. «Es war nicht notwendig», sagte er.

Sie hatte das Baby auf dem Schoß. Sie sagte: «Ich wollte so frei sein wie mein Baby. Ich hoffe, daß es das Geräusch dieser Worte auch wirklich registriert.»

In Wirklichkeit hatte sie sich gefühlt wie immer, weder frei noch unfrei. Sie war nicht sicher, was diese Wörter bedeuteten. Aber sie war nun ganz und gar zufrieden, auf dem Flughafen mit dem Baby auf eine Maschine nach Griechenland zu warten.

Sie hatte kein Mittagessen haben wollen und gesagt, sie wolle sich ausruhen. Um zwei, zur heißesten Stunde des Tages, hatte sie sich davongemacht, zu einer Zeit, wo jeder beim Essen war oder gegessen hatte und sich nun eine Stunde ausruhte.

Auf dem Flughafen war keine Polizei zu ihrem Schutz erschienen, keine Menschenmenge. Man erwartete sie im Gericht, wo sie um vier Uhr wieder erscheinen sollte. Nie war ihr Name so bekannt gewesen. Die Beerdigung war wegen der Unterbrechung der gerichtlichen Untersuchung verschoben worden. Ein paar Leute, die die Mittagsnachrichten im Rundfunk nicht gehört hatten, standen jetzt wahrscheinlich schon vor der Kirche SS. Giovanni e Paolo, um dort ihre Ankunft zu erwarten.

Sie war während dieser trägen, verschlafenen Stunde, in der niemand aufpaßte, auf die Straße hinausgegangen – mit einer Reisetasche voller Babysachen, einer Umhängetasche voll mit eigenen Sachen und dem Baby auf dem Arm. Ein Stück weiter um die Ecke hatte sie ein Taxi bekommen. Niemand erwartete, daß ihr Gesicht, das kürzlich im Fernsehen zu sehen gewesen war, unter den Touristenmassen auf dem Flughafen auftauchte; unerkannt war sie durch den Zoll, die Paßkontrolle und die Flugabfertigung gegangen. Als sie am Flughafen angekommen war, hatte sie die Passagiere einer eben gelandeten Maschine zum Zoll gehen sehen. Sie glaubte, Golly Mackintosh unter ihnen erkannt zu haben. Doch sie wartete nicht und sollte nie erfahren, ob diese Frau Golly gewesen war oder nicht.

Annabel kaufte einen Flugschein der Touristenklasse, ließ ihr Gepäck wiegen und sich von zwei vergnügten Studenten dabei helfen, den Riemen der Umhängetasche wieder richtig auf die Schulter zu bekommen. Jetzt wartete sie auf den Abflug. Ihre Flugnummer war aufgerufen worden. Die Stewardess kam, um ihr mit dem Baby zu helfen, aber sie gab dem Mädchen statt dessen ihre Taschen.

Während sie darauf wartete, an Bord zu gehen, fühlte sie sich zugleich frei und unfrei. Das Gewicht der Taschen war fort. Merkwürdigerweise fühlte sie sich schwanger mit dem Baby, aber nicht wirklich schwanger. Sie war blaß wie eine Muschel. Sie trug keine Sonnenbrille. Niemand erkannte sie, wie sie da stand, das Baby auf ihrer Hüfte haltend und sich zugleich bewußt, daß das Baby in einem gewissen Sinn gewichtslos war und ständig in ihr – so wie eine leere Muschel einfach durch ihre Form das Echo vergangener Meere und das Lauschen darauf enthält.

Muriel Spark im Diogenes Verlag

Symposion
Roman. Aus dem Englischen von Otto Bayer
Leinen

Bitte nicht stören
Roman. Deutsch von Otto Bayer
detebe 22426

»Töte mich!«
Roman. Deutsch von Matthias Fienbork
Leinen

Das Treibhaus am East River
Roman. Deutsch von Otto Bayer. Leinen

Memento Mori
Roman. Deutsch von Peter Naujack
detebe 20892

Junggesellen
Roman. Deutsch von Elisabeth Schnack
detebe 20893

Portobello Road
Erzählungen. Deutsch von Peter Naujack und Elisabeth Schnack. detebe 20894

Die Blütezeit der Miss Jean Brodie
Roman. Deutsch von Peter Naujack
detebe 21055

Die Tröster
Roman. Deutsch von Peter Naujack
detebe 21089

Robinson
Roman. Deutsch von Elizabeth Gilbert
detebe 21090

Die Ballade von Peckham Rye
Roman. Deutsch von Elisabeth Schnack
detebe 20119

Vorsätzlich Herumlungern
Roman. Deutsch von Hanna Neves
detebe 21195

Mädchen mit begrenzten Möglichkeiten
Roman. Deutsch von Kyra Stromberg
detebe 21399

Das Mandelbaumtor
Roman. Deutsch von Hans Wollschläger
detebe 21466

Päng päng, du bist tot
Erzählungen. Deutsch von Matthias Fienbork
detebe 21533

Hoheitsrechte
Roman. Deutsch von Mechtild Sandberg
detebe 21580

Das einzige Problem
Roman. Deutsch von Otto Bayer
detebe 21599

»Ich bin Mrs. Hawkins«
Roman. Deutsch von Otto Bayer
detebe 22426

Übernahme
Roman. Deutsch von Mechthild Sandberg
detebe 22461

In den Augen der Öffentlichkeit
Roman. Deutsch von Christian Ferber
detebe 22462

Barbara Vine im Diogenes Verlag

Liebesbeweise

Roman. Aus dem Englischen von
Renate Orth-Guttmann. Leinen

»*Liebesbeweise* ist Barbara Vines bisher eindringlichster Exkurs in die dunklen Geheimnisse der Obsessionen des Herzens. Dieser Roman betrachtet und prüft mancherlei Arten von Liebe: die romantische Liebe, die elterliche Liebe, die abgöttische Liebe, die besitzergreifende Liebe, die selbstlose Liebe, die erotische Liebe, die platonische Liebe und die kranke Liebe.« *The New York Times Book Review*

»Wer die englische Autorin kennt, weiß, daß es in *Liebesbeweise* wieder um ein veritables Verbrechen geht, daß dieser Kriminalroman aber in Wirklichkeit wieder ein Reisebericht über eine zerklüftete Landschaft emotionaler Verstrickungen ist. Die Landschaften wechseln bei Barbara Vine, gleich bleibt die suggestive Verführungskraft, mit der sie ihre Leser in immer neue Abgründe zieht. Man wird süchtig... Eine besondere Stärke sind die überraschenden Wendungen, die ihre Handlungen nehmen, die quälenden Verzögerungen und rasanten Beschleunigungen, die sie einbaut.«
profil, Wien

»*Liebesbeweise* ist ein erfrischend verstörendes Epos.«
Hamburger Morgenpost

»Diese Frau ist einfach ein Phänomen. Und *Liebesbeweise* ist ein Spitzen-Thriller.«
Frankfurter Rundschau

Das Haus der Stufen

Roman. Deutsch von
Renate Orth-Guttmann. Leinen

Eine der großen Lügnerinnen der Welt nennt Elisabeth die junge Bell. Und trotzdem, oder vielleicht des-

wegen: noch nie zuvor war Elisabeth von einer Frau dermaßen fasziniert. Selbst als Bells kriminelle Vergangenheit offenkundig wird, kann sich Elisabeth nicht aus ihrer Liebe zu Bell lösen. Immer wieder findet sie Erklärungen und Entschuldigungen für das unglaubliche Verhalten dieser mysteriösen Frau.
Im ›Haus der Stufen‹ beginnt Eisabeths mütterliche Freundin Cosette ein neues, unangepaßteres Leben. Auch Bell kommt in das Haus, und schon tauchen seltsame Fragen auf: Was geschah mit Elisabeths Mutter? Warum war Bell im Gefängnis, und was ist ihr so sorgsam gehütetes Geheimnis? Und haben die ungewöhnliche Ähnlichkeit zwischen Bell und dem Bronzino-Portrait einen Zusammenhang mit der sterbenden Heldin in Henry James' ›Die Flügel der Taube‹?

»Barbara Vine alias Ruth Rendell ist in der englischsprachigen Welt längst zum Synonym für anspruchsvollste Kriminalliteratur geworden.« *ORF, Wien*

Es scheint die Sonne noch so schön

Roman. Deutsch von
Renate Orth-Guttmann
detebe 22417

Ein langer, heißer Sommer im Jahr 1976. Eine Gruppe junger Leute sammelt sich um Adam, der ein altes Haus geerbt hat. Sorglos leben sie in den Tag hinein, lieben, stehlen, existieren. Zehn Jahre später werden auf dem bizarren Tierfriedhof zwei Skelette gefunden – das einer jungen Frau und das eines Säuglings...

»Der Leser glaubt auf jeder zweiten Seite, den Schlüssel zur Lösung des scheinbar kriminellen Mysteriums in Händen zu halten, doch – der Schlüssel paßt nicht, sperrt nicht, klemmt... Keine Frage, dieser Roman ist ein geglückter Thriller, ein famos geglückter, wofür diese Autorin auch bürgt.« *Wiener Zeitung*

Die im Dunkeln sieht man doch

Roman. Deutsch von
Renate Orth-Guttmann
detebe 21826

Der Fall der Vera Hillyard, die kurz nach dem Krieg wegen Mordes zum Tod durch den Strang verurteilt und hingerichtet wurde, wird wieder aufgerollt. Briefe, Interviews, Erinnerungen, alte Photographien fügen sich zu einem Psychogramm, einer Familiensaga des Wahnsinns. Schicht um Schicht entblättert Barbara Vine die Scheinidylle eines englischen Dorfes, löst zähe Knoten familiärer Verflechtungen und entblößt schließlich ein Moralkorsett, dessen psychischer Druck nur noch mit Mord gesprengt werden konnte.

»Barbara Vine ist die beste Thriller-Autorin, die das an Krimi-Schriftstellern nicht eben arme England aufzuweisen hat. Ihr Buch ist ein Psycho-Thriller der Super-Klasse. Eine Reportage aus einer Zeit da die ›besseren Herren‹ bei Heirat noch eine Jungfrau erwarten durften – und die Frauen aus dem bürgerlichen Aufsteiger-Milieu eine Menge Tricks anwandten, um diesem Weltbild anscheinend zu entsprechen.«
Frankfurter Rundschau

»Es gibt Bücher, die man eher zufällig und ohne große Erwartungen in die Hand nimmt, um mal einen Blick hineinzuwerfen, und dann passiert es, daß man sich festliest und das Buch gar nicht mehr aus der Hand legen möchte. Barbara Vines Roman, raffiniert aufgebaut und meisterhaft erzählt, gehört für mich in diese Kategorie.« *Süddeutscher Rundfunk*

Anne Fine

Wer dem Teufel glaubt

Roman. Deutsch von Barbara Heller
Leinen

Oliver sitzt während der Sommerferien im Haus seiner Ex-Frau auf dem Dachboden und schreibt seine Autobiographie. Doch dann fängt Constance an, in seinem Manuskript herumzukritzeln, und was sie notiert, hört sich ganz anders an als seine Version.

»Ein bemerkenswerter Roman, der voll satirischen Witzes die Leiden des Ehelebens behandelt, ohne auch nur einmal weinerlich zu werden oder gar sentimental. Die ernsthafte, düstere Welt von *Killjoy* ist hier einer Lust an der Bosheit, an frechen Dialogen und handgreiflichen Auseinandersetzungen gewichen. Mit der prallen Lust eines John Irving beschreibt Anne Fine die Familie, die Streitzelle, jenen Ort, an dem man sich Deformationen fürs Leben holt und ohne die man doch nichts wäre.« *Ultimo, Münster*

»Dieses Buch sollte für alle, die vorhaben zu heiraten, Pflichtlektüre sein. Anne Fine beweist, daß der Erfolg des Erstlings *Killjoy* keine Eintagsfliege war.«
Ingeborg Sperl/Der Standard, Wien

»Eine brillante, bissige Komödie über Liebe, Ehe und Trennung.« *Für Sie, Hamburg*

»Anne Fine ist unermüdlich bei der erfinderischen Ausmalung abstruser, doch plausibler Situationen und Geschichten. Mit unverfrorener Intelligenz, scharfsichtig, witzig und erstaunlich unprätentiös, demonstriert sie, wie es zwischen den Polen Constance und Olly funkt. Ein Genuß ist das auch für die Leser. *Wer dem Teufel glaubt* ist ein Musterbeispiel jener Art unterhaltender Literatur, die seit etlichen Jahren wieder vorwiegend in England und vorwiegend von Frauen verfaßt wird. Sie dumpft den Kopf nicht ein, wie es in diesem Genre üblich ist, sondern macht ihn hellwach.«
Heinrich Vormweg/Süddeutsche Zeitung, München